THOMAS FLAHAUT

Camille s'en va

ÉDITIONS DE L'OLIVIER

ISBN 978.2.8236.2128.0

Mais quand je pense à Ulysse, mon cœur se fend.
Homère, *L'Odyssée*

Ça commence quand ça explose.

Avant ça, ce qui entoure Jérôme, les arbres et les gens, les oiseaux comme les tours, tout est en attente. Les entrées de la dalle sont gardées par des agents de sécurité. C'est sur le toit du bowling que les habitants des Verrières se sont réunis pour regarder la destruction de leur quartier. Jérôme grimpe. Il est là, avec les autres. Pour lui qui n'est pas retourné depuis tant d'années dans la petite cité de son enfance, ils ne sont plus que des silhouettes sans nom ni prénom. Excepté cet homme là-bas. Il l'a reconnu à la longue courbe de son dos, à sa tête perchée comme une lune au-dessus de la foule. Darty, le frère d'Yvain. Jérôme se tient loin de lui. Il n'est pas venu pour parler mais pour voir et puis s'en aller.

Ses chaussures pointent dans le vide, son visage fixe le devant-soi : c'est pour ne pas tomber. C'est pour regarder les tours dans la lumière pâle d'avril, jusqu'à ce qu'elles soient détruites. Les six tours enserrant le parc, il les fixe sans cligner des yeux. Denfer Démolition. Les barrières sont couvertes de ces affichettes. Elles forment comme un socle bricolé à ces sculptures macabres, arbres morts percés de balcons aux parois de verre brisées ; dans l'ombre de ces niches, des darons fantômes jettent des regards mauvais aux architectes.

La destruction des Verrières n'est qu'une parmi tant d'autres, et Jérôme les collectionne. Celle-ci est planifiée. Elle est décomptée au mégaphone. Jérôme ferme les yeux, en frotte les coins du bout de ses doigts – ils ont encore l'odeur de Han qu'il a emmené chez Silvio avant de partir, très tôt ce matin.

Ça commence quand ça explose.

Avant ça, Jérôme est face à la ruine, et rien ne le saisit, ni inquiétude ni mélancolie. L'idée que tout ça va tomber devant ses yeux n'a rien de réel. Rien n'aurait pu le préparer au bruit que ça fait soudain, des dizaines de kilos de dynamite qui pètent. C'est tout en lui qui se soulève. Le bowling pourrait s'écrouler sous ses pieds que son cœur ne remonterait pas de cette façon dans sa gorge.

Jérôme ouvre les yeux. Déjà, la déflagration n'est plus que son écho entremêlé aux craquements du béton. Les rectangles noirs des balcons se muent en losanges. Les tours s'affaissent par leur milieu. Sur leur face se dessine un sourire démoniaque. Il ne dure même pas une seconde, s'efface au moment où le bruit produit par l'effondrement s'élève. Un cri. Un rire monstrueux comme une malédiction. C'est de moi que les tours rient, songe Jérôme. Neuf ans qu'il n'est pas revenu aux Verrières, qu'il n'a pas traîné sa peau tannée par le soleil de l'alpage dans l'ombre de la maison vide du docteur. Contemplant le sourire mutilé des tours, à lui seul adressé, Jérôme se dit qu'il n'aurait pas dû revenir. Il aurait dû s'en tenir au plan, laisser la maison lentement pourrir. Il n'a pas besoin de la Volvo, au final. L'argent que lui a légué le docteur aurait suffi à louer une voiture pour aller à la Cingle.

Mais c'est trop tard. Maintenant Jérôme est face aux tours, à leur grimace terrible. Leur chute est à la fois lente et soudaine. C'est comme regarder un corps se jeter de très haut dans la mer et le fixer lui, et non la mer. Un gouffre se creuse au milieu des façades. Les rires ont désormais disparu ; il n'y a plus que les gouffres qui s'ouvrent. Des falaises de craie qui se fendent sur un ciel de craie. Les tours qui s'effondrent à mesure que, du fond des gouffres, la poussière s'élève.

Une seconde encore et il n'y a plus de tours du tout. Il n'y a qu'un nuage qui étire cent tentacules en l'air, une hydre de poussière qui monte et se tord, lentement, vers Jérôme, vers les autres. La foule, précairement perchée sur le toit goudronné de ce cube de tôle, frémit. Si quelqu'un le pousse, Jérôme chute dans le vide.

– Descends de là, tu vas tomber, le fils du docteur.

Le fils du docteur obéit à Darty qui l'a bien reconnu malgré ses précautions : il dévale le colimaçon d'acier. À mi-chemin, il lui faut remonter son T-shirt sur le nez. L'odeur de la poussière de plâtre et de béton est la vraie odeur de la mort. Sur le parking, le soleil donne à l'air opaque une luminosité vive. La brume est parfaitement blanche, des ombres s'y ébattent, toussant comme tousse le fils du docteur, comme toussait le docteur quand son intérieur pourrissait. Il n'existe nulle part dans le pays un endroit où la mer est aussi loin qu'ici. On avait même oublié que le vent existe. Jérôme se prend les débris du passé dans la gueule, au hasard d'un vent d'est. Il a des cendres sur la langue.

C'est en crachotant qu'il ouvre la porte de la maison.

Les tentacules du nuage rampent sur le plancher de l'entrée, s'immiscent dans son obscurité avant de se dissiper, ne laissant qu'une large tache grise et poudreuse.

Neuf ans après, Jérôme pénètre de nouveau dans la maison du docteur. Et il rit. C'est un miracle que cette grande maison ne soit pas occupée, que personne ne dorme sur la banquette de la salle d'attente où se sont assis tous les parents et les enfants des Verrières, des décennies durant. La porte entrouverte du cabinet conserve la mémoire du dernier geste de Jérôme ici : il avait couvert le bureau d'un drap blanc. Sorti de chez le notaire, c'est tout ce qu'il avait réussi à faire. Non pas chercher les papiers, mais vider le stock de draps, de rideaux, de nappes des Emmaüs de Montbéliard et déguiser tous les meubles de la maison en fantômes.

Personne n'est là. Personne n'est venu troubler les fantômes. Jérôme se déshabille dans les toilettes autrefois réservées aux patients et secoue tous ses vêtements. Le carrelage est noir, il se constelle des débris minuscules et toxiques de ce qui fut, dans le passé, Les Verrières. L'eau coule d'abord jaune au robinet. Dans sa bouche, elle a un goût de plomb. En sortant, il n'essuie pas la poussière. Une longue route l'attend.

Dans le garage, la Volvo le fixe de son regard éteint. Peut-être lui dit-il bonjour, il n'en a aucune idée, cela fait des années qu'il ne sait plus s'il pense ou s'il parle tout seul.

Le sac à dos jeté en hâte dans le coffre, Jérôme tourne la clé dans le démarreur et ferme les yeux.

– Allez, m'abandonne pas.

Le moteur répond, ami.

Quelques mètres plus tard, Jérôme est là, dans la poussière. Au volant de la Volvo du docteur, il la traverse.

Il part.

La poussière protège son départ. Personne ne peut le voir. L'ombre de la Volvo est une ombre parmi les ombres. Lent poisson remuant le fond de l'abysse, elle rampe dans l'épaisseur du limon, entre les coraux morts, ses yeux lumineux dessinent des rais. Jérôme quitte le quartier de son enfance et, sous cette poussière qui le rend invisible, il pourrait le croire intact. Les tours debout, encore. Tout en place comme ça l'a été depuis toute la vie, depuis toujours.

Scarabée caméléon

Yvain lui a dit : Cherche les scarabées.

Jérôme croyait qu'il allait les entendre, les sentir voler autour de ses chevilles, mais c'est sur le mur du cimetière qu'ils apparaissent. Une file de scarabées immobiles, gros comme des mains. Ils sont dessinés avec une peinture qui brille dans la nuit.

Yvain lui a dit : Suis les scarabées.

Scintillants et figés, ils tracent une ligne jusqu'à un effondrement de la muraille, suffisamment bas pour grimper dessus. Perché au sommet des gravats, Jérôme voit, à l'autre bout du cimetière, une autre ombre que la sienne ; il lui laisse le temps de disparaître. Puis s'élance dans le vide. Une douleur cinglante dans les talons quand il heurte le gravier.

Jérôme suit les scarabées de lumière qui rampent, verdâtres : leurs antennes indiquent le chemin d'un caveau. Il n'a pas besoin d'en défoncer la porte, elle s'ouvre d'un frôlement de doigts à peine. L'ombre est là. C'est une femme. Elle porte une tenue de randonnée qu'éclaire la lueur de sa petite lampe de poche.

– Vous êtes qui ?

Il ne va pas lui dire son nom, à cette inconnue rencontrée, la nuit, dans un tombeau où on lui a dit de retrouver la personne qui doit le mener à la Cingle.

– Et vous, vous êtes qui ?

– Je suis journaliste.

Jérôme, lui, n'est pas journaliste. C'est tout ce qu'il répond. Il applique aux journalistes la méfiance nécessaire. Il ne raconte pas son histoire. Ne dit pas qu'Yvain, son ami de toute une vie, est au bout du chemin qui commence dans cette tombe.

– Vous aussi vous attendez Kodama ?

Yvain, il l'avait presque oublié. Jusqu'à ce qu'un jour, il y a quelques semaines, il reçoive un message de lui. La Cingle allait être évacuée. Ils avaient besoin d'aide. Jérôme, pour la première fois depuis longtemps, avait pensé à Yvain. Il s'était souvenu de la rancœur qui l'avait conduit à ne plus le voir pendant neuf années. Cette fois, il avait répondu à son message.

– On m'a dit d'attendre Kodama, oui.

Yvain le lui a dit.

Soudain, un bruit de branches qu'on remue. Quelque chose comme une porte cachée dans le sol. Une main se glisse dans un interstice, une tête s'en échappe : Kodama porte une cagoule verte comme ses yeux. Elle ne dit rien. Elle fixe Jérôme un instant. Soupire et se détourne. Jérôme comprend : derrière elle, il faut ramper. Plonger sous la terre, dans un tunnel étroit dont le plafond semble prêt à s'écrouler. Jérôme tente de suivre Kodama, se râpant la paume des mains sur les miettes de roche. La pointe des chaussures de marche dérape quand la terre s'effrite, écrase les doigts de la journaliste qui le talonne. Les cailloux fins s'enfoncent sous les ongles comme des échardes, volent dans les yeux. Kodama donne des coups de piolet en avançant, déplace des mottes de terre tombées au sol, moins humaine que turbine, mange-pierre. Ne s'arrêtant que brièvement pour appuyer de tout son poids sur la charpente quand elle lui semble chancelante, déplacée.

S'il vit en ermite au Désert depuis neuf ans, Jérôme n'en garde pas moins son œil d'architecte. Le coffrage est fait de minces troncs. Ils forment un treillis derrière lequel il distingue une terre noire de tourbière asséchée. Des arbres maigres qui ont dû être fauchés lors de coupes blanches autour de la Cingle. C'est ce qu'il avait lu. Quand Yvain lui avait demandé de venir, il ignorait ce qu'était la Cingle. Il lui avait fallu combler le retard qu'il avait pris sur les événements du monde. Il avait découvert qu'il y a cinq ans, la région Hauts-de-France, associée à un consortium, avait décidé de raser la forêt au-dessus de sa tête pour en faire un champ de panneaux photovoltaïques. Des coupes préparatoires avaient été effectuées : c'est à ce moment-là que des militants étaient arrivés. Ils avaient occupé cette forêt qu'ils considéraient comme un sanctuaire, le lieu de vie d'un insecte rare, le scarabée caméléon. Le chantier avait été reporté et une poignée de militants étaient restés. Yvain était de ceux-là. C'est le bois coupé à cette époque qui coffre le tunnel. Sans doute volé par les occupants. Par Kodama elle-même, qui doit être l'architecte de ce tunnel. Elle tient de la taupe. Elle est une sorte de femme taupe que le côtoiement des profondeurs obscures n'a pas encore privée de ses yeux verts. Elle est un esprit protecteur de la Cingle, quelque chose d'antique et d'endormi qui se serait éveillé au premier coup de pioche, au premier croc de pelleteuse, au premier tracteur embourbé.

L'esprit protecteur s'arrête devant une échelle de corde. Tout en haut brille la lune pleine. Jérôme remonte à la surface ; les barreaux sont moussus, l'herbe est humide. Il se redresse. À ses pieds, la journaliste glisse sur l'échelle. Jérôme lui tend la main. Une fois qu'il l'a hissée, Kodama est déjà loin. Il faut la rattraper, la suivre le long de la route, jusqu'aux bottes de foin entre lesquelles elle s'enfonce comme un fantôme.

Les brins de paille grattent la rosacée d'hiver qui couvre les joues de Jérôme, l'intérieur de la botte qu'il traverse a une odeur de vivant. De l'autre côté de la muraille, une femme apparaît. Ses cheveux gris et longs barrent son visage. D'une main, elle tient la bride d'un âne. L'autre, elle la lui tend : elle s'appelle Aline. La journaliste, elle, dit qu'elle est journaliste. Jérôme qu'il est Jérôme. Mais Aline ne les écoute pas. Elle a la même brutalité froide que Kodama, la brutalité de ceux qui sont en guerre. Elle fait le signe silencieux mais clair qu'il leur faut ramener leur cul par là, interpelle Jérôme :

– Il est pas réveillé, lui. Allez, faut te réveiller.

Dévoué, il se réveille. Marche dans le sillage de Kodama, d'Aline et de son âne.

Au commencement du chemin de terre qui mène au sanctuaire, une barricade a été construite. Elle est ouverte en son centre, mais reste au sol un mince tronc que l'âne ne veut pas franchir. Kodama attrape sa bride des mains d'Aline et tire dessus, impatiente.

Jérôme s'approche de l'âne et caresse sa croupe. Colle son visage à son oreille. C'est ce qu'il fait lorsque Han refuse de bouger, qu'il reste tétanisé face à l'abîme, sur le chemin qui mène du Désert à l'Étoile. Il n'a même pas besoin de dire un mot, jamais. Juste poser son visage près de l'oreille de l'âne. Et comme Han, celui-là bouge. Il ne connaît pas les bêtes, Jérôme, il ne connaît que les ânes.

Les yeux de Kodama sont écarquillés derrière sa cagoule. Elle ne s'y attendait pas. Elle s'évanouit dans l'ombre, sans un mot. Pour une raison qu'il ignore, elle semble fâchée.

– Elle est comme un chien solitaire, Jérôme. Fais pas gaffe.

La nuit, tout paraît plus immense et plus vide. Les signes de présence sont plus ténus. Les lumières se devinent au loin. Sous la seule lueur de la lune, il n'y a, semble-t-il, rien alentour. Il n'y a que des craquements, des souffles, des murmures, aussi présents que, dans le lointain, le brame des cerfs et le hululement des chouettes. Dans la nuit, de la vie, il n'y a que des indices : dans un buisson épineux, un visage portant un passe-montagne rose fluo. Un hochement de tête. Ils peuvent entrer. Ils y sont, dans le sanctuaire. Un bâtiment éclairé au centre d'une clairière : Ça, c'est la Commune, explique Aline. C'est là que dormira la journaliste. Lui, elle va le conduire chez Yvain. Dans la nuit de la Cingle, ce soir d'un calme grisant, dans l'air chaud brassé par les ailes des scarabées caméléons, Jérôme suit Aline. D'abord, ils passent par sa ferme à elle. Aline lui demande de dire bonne nuit à l'oreille de l'âne pour qu'il soit content et qu'il oublie son ulcère. Alors, Jérôme, dans un murmure déposé au creux de l'oreille de l'âne, supplie l'ulcère de se calmer. Puis Aline l'emmène à la ferme d'Yvain.

C'est à l'aube que le lit de paille remue. Qu'une main chaude et moite se pose sur la taille de Jérôme. Dans la lumière rosée du jour naissant, on dirait qu'Yvain a les yeux noirs, le menton pailleté d'argent, le nez un peu dévié, pété un jour, peut-être, dans une bataille ou une bagarre, mais il le reconnaît.

C'est Yvain.

Depuis des semaines, Jérôme avait gardé loin de son esprit le fantasme de l'instant où, neuf ans après avoir quitté Yvain, il le retrouverait enfin. Descendant Han chez Silvio. Retenant sa nausée à l'arrière du pick-up de Rim qui l'amenait au fond de la vallée. Passant la tête par la fenêtre ouverte du train. Contemplant les tours s'effondrer aux Verrières. Durant les huit heures de route jusqu'à la Cingle. Il avait chassé sans cesse l'idée qu'il allait revoir Yvain. Il était presque parvenu à ne pas penser à lui, à ne rien imaginer de leurs retrouvailles.

Maintenant Yvain est là. Téléporté là. De l'air qui se cristallise soudain pour le faire apparaître.

– Salut, Geronimo.

Une fratrie de chiots noirs suit Yvain, à travers les rangées bleues de jeunes choux dans lesquelles ils se dispersent pour jouer. Le long de larges buissons de framboisiers, de treilles encore couvertes des tiges torsadées, grises et sèches des haricots de l'an passé, Yvain marche vers ce qu'il appelle le mastaba. Un tas de palettes immense. Il se retourne vers Jérôme :

– Tu peux faire quelque chose avec ça, l'architecte ?

– Bah ouais.

– T'imagines quoi ?

– Ça dépend de ce que tu veux faire.

Yvain regarde autour de lui, comme pour éviter qu'on l'entende.

– Tu sais, ça fait cinq ans que je suis ici. On est pas beaucoup à s'y être établis. Moi, j'ai même fait les papiers. Pour régulariser la situation, tu vois. Ça a pas suffi, on dirait. On est plus que trois. Il y a Aline, sa ferme est près de la sortie du tunnel. Il y a Kodama, elle a sa cabane dans les bois, près de la rivière. Et il y a moi. Les gens sont venus ici, avec nous, pour défendre cet endroit. Vu les morts, les blessés, les arrestations de ces dernières années, faut du courage. Y a quoi, cinquante personnes qui sont là, peut-être. C'est assez pour construire des défenses, mais pas pour tenir une forteresse, tu vois ce que je veux dire, Geronimo ?

Jérôme sourit d'entendre son vieux pseudonyme. Mais il reprend vite un air grave, de circonstance. Le regard d'Yvain est empli de tristesse.

– Tu penses que c'est perdu ?

Yvain hausse les épaules.

– Je pense qu'on va se faire virer. Je pense que ça va mal finir. Kodama est pas d'accord avec moi. Aline est de mon avis et pourtant, t'imagines bien qu'elle est attachée à cet endroit. C'est une discussion qui va nulle part. Moi je pense qu'avant de se faire virer, faut qu'on fasse chier les keufs le plus longtemps possible.

– Vous pouvez construire des cabanes dans les arbres, alors.

Yvain claque sa langue contre ses dents.

– Tu veux m'attacher au sommet d'un arbre ?

– Ça se tente. Très haut. Le temps qu'ils viennent vous cueillir. S'ils ont pas le cherry-picker avec eux, ça leur prendra des jours. Pendant ce temps-là, on parlera de vous au moins dans les journaux. Ils pourront pas faire une opération éclair et vous serez pas oubliés.

– Je suis d'accord avec toi, mais il faut que tu présentes tes idées à tout le monde. Avec Kodama et Aline, on a notre mot à dire. Mais parmi tous ceux qui sont venus nous aider, il y en a qui iront en prison. On doit en discuter avec eux.

Jérôme le sait, Yvain aurait pu échafauder seul une stratégie. Il a plus que lui l'expérience de ces choses. Mais lui demander conseil était une façon comme une autre de mettre en scène des retrouvailles, pense-t-il. D'être amis de nouveau. Jérôme a le soleil dans les yeux, mais il espère qu'Yvain le voit sourire.

Réunis sous le grand chêne en lisière du pré où paissent les chèvres, ils sont une cinquantaine à écouter. Des visages inconnus de Jérôme, excepté celui d'Aline et la cagoule verte de Kodama, stoïque : elle est couchée sur un vieux tronc, la tête reposant sur les cuisses de la seule autre occupante cagoulée, le passe-montagne rose de la veille. La journaliste, elle, est à l'écart de la foule, muette. Ici, on se méfie de ceux qui ne font qu'observer. Il y a là plus de personnes que Jérôme n'en a vu depuis huit ans qu'il est au Désert.

Yvain se lève, le présente à l'assemblée. Avant de parler, Jérôme cherche dans son auditoire un regard ami qu'il ne trouve pas. C'est au mastaba, à l'horizon, qu'il parle, hésitant, timide. Il dit qu'il a vu les vieux chênes autour. Qu'au sommet, on pourrait construire des cabanes avec les palettes.

– On peut facilement s'organiser pour les fabriquer en série.

Il a déjà fait ça, il y a longtemps. Pour ce qui est de la façon de s'y prendre, il est partisan de construire les cabanes en fonction des arbres eux-mêmes. Une cabane qui épouse l'arbre repose ainsi sur une base solide.

Kodama se redresse. Celle qui est assise près d'elle remonte son passe-montagne rose sur le front, penche sa tête vers elle. Kodama lui murmure à l'oreille. Elle écoute, puis se lève et répète :

– Déjà, on a pas le temps de construire des palais dans

les arbres, mais en plus, à quoi ça pourrait bien servir des cabanes ?

Yvain s'avance et, avant de répondre, regarde les autres avec ce même air grave qu'il avait tout à l'heure. Cet air, jamais Jérôme ne le lui avait connu. Il avait quitté un jeune homme moqueur, jamais sérieux. Il a désormais face à lui un homme abîmé.

– À nous réfugier dedans si on perd la Cingle.

Yvain fend le groupe pour rejoindre Kodama qui, de nouveau, parle à l'oreille de sa camarade, qui transmet ses objections :

– Donc on s'attache dans les arbres jusqu'à ce qu'on vienne nous cueillir. On a pas déjà statué sur notre défaite, non ?

Kodama se lève et en entraîne d'autres, qui se lèvent à leur tour. Alors Yvain monte sur le mastaba.

– Le plus on est dans les arbres, le plus longtemps on tient, le plus le message passera, moins on sera oubliés. Croyez-moi, quand je dis ça, ça me fait mal. Je voudrais rester. Mais je pense pas qu'on tiendra. On peut au moins essayer de pas être oubliés.

À ces mots, Kodama s'en va, jetant une grosse pierre sur le mastaba. Yvain lui court après et lui parle pendant qu'elle s'enfonce dans le bois. Tu me fais chier, c'est ce que Jérôme l'entend crier. Et puis Yvain revient en haussant les épaules.

– Elle me casse les couilles, cette meuf.

– C'est qui ?

Yvain soupire. Puis, après un moment de silence, esquisse un rire.

– C'est personne.

À la nuit tombée, sur les bancs construits contre les murs de bois de la Commune, tout semble pourtant s'être apaisé. Kodama termine de faire cuire la soupe sur le feu et Aline l'aide. Jérôme les regarde : Kodama et Aline font de la politique. Elles ont pour cela plus de talent que lui. Il a oublié ce que c'était. Peut-être n'a-t-il jamais su en faire. Il s'était senti conférencier pour quelques minutes, même si en face de lui, ce n'était pas un amphi d'étudiants ni de collègues, mais des gens qui, dans les jours à venir, risquent de perdre des mois, voire des années, de leur vie. Il a fait ce que depuis toujours il fait. Quand Camille, quand Yvain, quand Nour faisaient de la politique, lui, il imaginait des espaces qui étaient comme des poèmes. Il préférait l'esthétique à la politique. Ce matin, comme toujours, il a fait l'architecte. Le Désert ne l'a peut-être pas tant changé que ça, finalement. C'est à ça qu'il pense pendant qu'Yvain s'approche, un chiot dans les bras. Il lui sourit. Boit un grand verre de cidre et s'assoit par terre, le chiot entre ses jambes.

– Oublie ce qui s'est passé, Geronimo. Tu vas nous être utile.

Yvain le regarde dans les yeux. Si franchement que c'en est brutal. Peut-être examine-t-il le visage de Jérôme, comme Jérôme examine le sien. Les rides apparaissant aux pattes d'oie. La base du cou se colorant d'un rouge presque marron.

Les mains plus osseuses et les avant-bras plus séduisants, taillés par l'effort. Les poils blancs au menton.

– On commence par discuter de quoi alors, Geronimo ?

Il ne rit pas, Yvain. Il est si sérieux. Jérôme, lui, ne veut pas être sérieux. S'il l'était, il s'engueulerait avec Yvain en parlant du passé. Dans le calme de cette soirée, il ne veut pas repenser à tout ça. Il veut continuer à faire comme il le fait depuis neuf ans, faire comme s'il avait tout oublié du passé. Il ne veut pas parler de Camille ni du docteur. Il ne veut pas parler des disparus et des morts. Il veut être là parce que là, le temps est en marche. Au Désert, le temps s'était arrêté. Au Désert, il était triste. Ici, croit-il, il ne l'est pas.

– On peut commencer par ça.

Et il dépose un baiser dans le cou d'Yvain. Là où ça fait un creux. Le cou d'Yvain a une odeur de sueur fraîche.

Yvain accroche le pain noir à la charpente de l'étable, dans un baluchon fait d'une nappe antique. L'humidité et la chaleur montent toute la nuit du corps des bêtes. Et le pain noir, quand ils le mangent au matin après avoir fait sauter le pointillage de moisissure du bout du cran d'arrêt, comme on énuclée les yeux noirs des patates, le pain noir a le goût des bêtes.

Yvain a toujours eu des gestes comme ça. Dans la maison rouge, quand les soirées se finissaient à la bougie, il était concentré sur la cire qu'il raclait soigneusement avec la pointe de son couteau. C'était au-delà du soin. C'était quelque chose comme de la science. On aurait dit qu'il pouvait prévoir le comportement de la cire.

Ce sont des gestes qui dessinent les contours d'un homme.

Yvain a pu changer, le grain de sa peau s'épaissir et son teint se faner un peu, son nez s'être un peu écrasé sur la droite de son visage, le bout de ses doigts se jaunir de tabac brun, et le sourire qu'il a ce matin s'être, avec les années, marbré d'ocre, il semble pourtant avoir gardé ses contours.

Cette nuit, ils n'ont pas fait l'amour.

Mais couché dans la pièce unique de la ferme, près du ronflement des bêtes, Jérôme a pu refaire connaissance, soigneusement, avec les contours d'Yvain.

C'est là qu'on travaille. Dans le pré, là où auraient dû à cette période être semées les variétés printanières d'orge et de blé. On met une palette devant soi, et le pied la maintient bien fort et bien ferme quand on plante la barre de fer et qu'on tire. C'est comme une dent qu'on arrache, c'est comme la vie qu'on soulève.

Les planches, bientôt, font un large mikado.

Au milieu de l'après-midi, les gestes s'appesantissent. Des lycéens dorment pêle-mêle à l'ombre d'un pommier. Jérôme les observe en souriant, croquant un navet cru qu'Yvain vient de lui tendre, rincé à l'eau de sa gourde.

Puis, à l'ombre du mastaba, Jérôme s'assoit.

Il contemple les allers-retours d'Yvain entre le pré et la forêt. Vers sa ferme peut-être, vers la Commune où il discute de choses qui ne sont pas du ressort de Jérôme. Il le sait, Jérôme, il n'est pas de la Cingle. Il est un allié et en tant qu'allié, il est aux cabanes, avec Aline et les lycéens. Il ne peut s'empêcher de penser qu'Yvain fait quelque chose de plus sérieux que lui.

Ici, Jérôme est un peu perdu.

De mémoire, il n'en a jamais été autrement. En politique, ceux qui se contentent d'être présents rêvent éveillés en regardant ceux qui font des actions. L'action a, pour Jérôme, toujours été un mystère. Comment on se met en branle. Camille semblait s'imbriquer, sans avoir à y réfléchir, au mouvement collectif. Quelque chose se passait quelque part et Camille était là. Jérôme, lui, n'y était pas. Il était entraîné parfois et, entraîné, il observait la vague ébranler le groupe. Très vite refoulé, jamais il ne se sentait vraiment dans le courant. Aujourd'hui, ce n'est pas différent. Yvain court partout, comme Camille courait partout. Jérôme, lui, est l'homme assis. Jérôme est l'homme assis au pied du mastaba dont l'ombre s'affaisse à mesure que l'après-midi avance, qu'une par une, les palettes sont enlevées par les lycéens. Par les loulous, comme dit Aline.

Les loulous travaillent et Jérôme est assis.

Il fait ce qu'Yvain lui a demandé de faire. Construire des cabanes dans les arbres qui pourront accueillir les occupants de la Cingle quand, dans quelques jours, les keufs auront repris possession de ce qui est au sol. Il trace sur son carnet quatre lignes à peu près égales. Elles représentent les planches d'un mètre vingt de long que les loulous arrachent aux palettes. C'est insuffisant pour supporter un corps à six mètres de hauteur si l'on imagine une base carrée. C'est trop petit. Ce n'est pas sûr. Il s'imaginait construire un village de petites plateformes. Partir de la matière et faire émerger le village par la seule force de son intelligence et des bras des autres ; en architecte. Mais il est perdu, l'architecte. Il n'y a dans son esprit qu'un tas de planches. Les lignes ne se rejoignent pas en pensée, comme s'il n'y avait plus de pré mental où bâtir.

Plus tard, Jérôme est assis, encore.

Il est assis à l'établi d'Yvain dans la pièce unique de sa ferme. Tournant machinalement les pages de son carnet presque vide, à la lumière de la lampe à pétrole. Yvain dépose sur son épaule un baiser et ôte doucement le carnet de ses mains.

– Si t'y arrives pas, c'est pas grave. Tu peux laisser les gens faire et faire avec eux. Là, tu seras utile. T'es pas obligé de faire l'architecte, mon poto.

Jérôme ressent alors comme une urgence de parler.

Il la garde dans la bouche.

C'est facile : il s'est entraîné à ça au Désert. Ne rien dire, ne pas regarder le passé. Oublier. C'est le grand bénéfice de la solitude que de pouvoir pratiquer l'oubli comme un sport. Il est devenu un athlète, Jérôme. Il serait médaille d'or aux Jeux olympiques de l'oubli tant chaque peur, chaque souvenir, chaque chagrin ressurgi est aussitôt oublié. C'est ce qu'il croyait. Il était sûr d'avoir assez entraîné le muscle de l'oubli. Mais le jour où Yvain l'a invité à le rejoindre à la Cingle, il s'est atrophié soudain, comme si une maladie orpheline, après avoir couvé toute une vie, emportait tout dans son fulgurant réveil.

Ce soir, il ravale une tristesse qui lui colle méchamment au palais. Il voudrait parler de ce qui les a conduits, lui et Yvain, à s'ignorer pendant neuf années, de sa solitude, de la mort du docteur, lui dire que depuis que Camille est partie, c'est comme si tout s'érodait. Il voudrait retrouver Yvain où il l'avait laissé, une nuit dans la Calle del Morion, à Venise. Tant de choses. Il faudrait d'abord savoir, avant de les dire, dans quel sens le faire, alors il se tait.

Parler, c'est pardonner un peu. Il pardonnera demain, peut-être.

Jérôme se déshabille. Il se couche sur le matelas de paille disposé à côté de celui d'Yvain. Lui tournant le dos, il s'endort près de lui comme on s'endort près de son frère, loin de chez soi, dans la chambre poussiéreuse d'un motel.

Le scarabée caméléon est l'unique représentant
du sous-genre monotypique des anamorphes
du genre des cassides
de la grande famille des chrysomèles
de l'infra-ordre des cucujiformia
du sous-ordre des polyphages
de l'ordre des coléoptères
du super-ordre des holométaboles
de l'infra-classe des néoptères
de la sous-classe des ptérygotes
de la classe des insectes
du sous-embranchement des hexapodes
de l'embranchement des arthropodes
du règne animal.

Les occupants répètent ce poème à haute voix devant Aline. Ils sont arrivés à l'aube par le chemin des marais, à l'heure où les flaques sont de mercure, où la nuit s'accroche encore, visqueuse, aux touffes d'herbe qui courent le long de la rivière. Jérôme baisse les yeux pour que personne ne voie son rire, surtout pas Kodama, assise sur une chaise si enfouie dans les herbes hautes qu'on dirait que les buissons poussent sous elle pour qu'elle s'y repose, comme ça, spontanément, quand elle en a besoin. Au réveil, Yvain l'a prévenu : il faudra apprendre ce poème.

Tous ceux qui défendent la Cingle connaissent cet arbre biologique par cœur. Il leur sert à la fois de mantra et d'argumentaire. Au petit déjeuner, on a raconté à Jérôme la visite de la préfète à l'époque où elle pensait encore qu'il y avait matière à négocier. Les hauts fonctionnaires et les ingénieurs étaient venus salir leurs pompes à la Cingle. Aline et son âne les avaient guidés à travers le marais puisque c'était à eux de venir. Bien sûr, comme toujours, la discussion s'était terminée dans la colère, les petits cris nerveux et les visages empourprés. Menaçant d'envoyer les bulldozers dans la nuit, la préfète avait dit : Tout ça pour un insecte. Alors les défenseurs de la Cingle lui avaient répondu : C'est bien un insecte, oui. Pour être plus précis encore, madame la préfète, le scarabée caméléon est l'unique représentant du sous-genre monotypique des anamorphes, du genre des cassides, de la grande famille des chrysomèles, de l'infra-ordre des cucujiformia, du sous-ordre des polyphages, de l'ordre des coléoptères, du super-ordre des holométaboles, de l'infra-classe des néoptères, de la sous-classe des ptérygotes, de la classe des insectes, du sous-embranchement des hexapodes, de l'embranchement des arthropodes, du règne animal.

Ce poème, les gens qui sont là aujourd'hui l'ont appris de gens qui l'avaient appris d'autres gens, qui l'avaient appris d'autres gens qui avaient un jour lointain pris quelques cours de biologie. En le mémorisant, on achoppe. On inverse l'ordre et la classe, on bouscule les hiérarchies. Les erreurs se transmettent. L'ordre apparaît après l'infra-classe. L'embranchement est ici, coléoptère. La famille est là, ptérygote. Le genre, polyphage. Le règne est animal, toujours.

La classification est une convention. Elle est un ordre. L'ordre n'est jamais ce qui importe. Ce qui importe, c'est de rendre le réel dans son foisonnement et c'est ainsi que Jérôme comprend le poème. Dire qu'en défendant une feuille de l'arbre, on défend l'arbre tout entier. Par le souffle, par la voix, on invoque le mobile de cette défense : un cousinage lointain avec le casside. On trace les contours d'une autre famille que celle des strictes communautés humaines. De nouvelles lignes entre les camarades et les ennemis. On est parent de la salamandre mais pas de la préfète. Du sapin mais pas du paysan qui a vendu au consortium. Des iris bleus sur les rives de la rivière mais pas des membres du conseil municipal. Nous, comme les joncs aux têtes de poussière, ne partageons rien avec le maire, pas même un brin d'acide désoxyribonucléique. Comme le bousier, nous n'avons rien en commun avec le président de la République. Comme le scarabée caméléon, nous ne sommes pas de la famille du keuf. Eux tous, ils sont morts. Il y a les cousins : tout ce qui est vivant à la Cingle est un cousin. Le reste, c'est les ennemis.

– Laissez-moi en placer une.

Les occupants cessent de réciter le poème. Ils écoutent Aline. Le mot n'est rien sans les choses, déclare-t-elle.

– Ce poème ne dit rien de ce que c'est que de rencontrer le scarabée caméléon. Sa défense, c'est l'invisibilité. Il se camoufle si vite que son existence est passée, parfois, pour une escroquerie. Selon l'État, on aurait inventé une espèce pour bâtir un sanctuaire.

Dans les années 1980, la trentaine à peine entamée, elle avait découvert une espèce nouvelle ici. Ce scarabée que personne avant elle n'avait jamais vu. Elle s'était installée là, avait construit une ferme au bord de ce qu'elle voulait laisser devenir une forêt. Elle avait cultivé un champ d'orties et en avait fait un jardin. Elle connaît la Cingle et le scarabée caméléon. Il faudra l'écouter quand elle dira de ne pas traverser les massifs d'herbes sauvages, car il est là, quoiqu'il soit invisible. Il faudra croire Aline.

– Le paradoxe, c'est que vous ne verrez pas une partie de ce que vous êtes venus défendre. Il faut vivre à la Cingle pour voir le scarabée, il ne sort qu'en temps de paix. Ces jours-ci, il y a trop de monde qui piétine trop. Peut-être que jamais vous ne le verrez. Dans un monde idéal, nous parviendrions à tenir en respect les gendarmes, à les faire fuir. Alors vous auriez la chance de le voir, comme un morceau de verre limpide, posé dans le vert de l'herbe. Quand on le voit une fois, on le voit partout. Mais pour l'instant, ne le cherchez pas. Dites-vous que vous défendez quelque chose d'invisible.

– Il y avait là une grande demeure. C'était celle d'un bien méchant seigneur. Aujourd'hui, elle n'est plus qu'une ruine, bien sûr. Depuis longtemps, elle n'est plus qu'une ruine.

Aline se hisse sur un muret qui fut un grand mur. Elle met en garde Jérôme. Il ne faut pas aller au-delà. Il ne lui demande pas pourquoi, il n'en a pas besoin, mais Aline le lui explique tout de même : s'il ne faut pas pénétrer dans la ruine, c'est parce qu'elle est hantée. C'est ce qu'on lui a dit lorsqu'elle est arrivée, il y a presque cinquante ans, pour observer la Cingle avec les autres chercheurs de son labo. Elle a bravé l'interdit, très vite. Les fantômes n'existent pas. Elle, en tout cas, n'y croit pas. Le scarabée caméléon non plus, beaucoup de gens n'y croient pas parce qu'ils ne le voient pas, pourtant il existe. C'est dans la ruine qu'elle l'a pour la première fois observé, se mêlant à l'anthracite pailleté d'argent, aux veinures lapis-lazuli de la pierre, se fondant dans l'ombre, il était là. Il y en avait beaucoup. Ça ne piaillait pas autant que des étourneaux dans un bosquet, mais presque ; c'était un bruit de mouvement. C'est ainsi qu'ils communiquent, avec le claquement produit par leurs ailes.

– Écoute.

Aline saute à pieds joints dans le périmètre de la ruine. Du silence s'élève le cri de tout un pays d'insectes. À gauche, ça produit un son de crécelle. Puis ça répond à droite, un ton ou deux plus graves. Est-ce un autre mot ? Est-ce un autre dialecte ? Est-ce que chaque scarabée a son timbre propre ? Aline sourit.

– Ça va venir.

Ça vient. Bientôt, les individualités sonores sont indifférenciées dans un seul et même colossal bourdonnement. Jérôme ne le voit pas, mais pour la première fois, le scarabée caméléon se manifeste devant lui. Comme un corps collectif, bruyant car menacé, qui se défend comme il peut. Comme un fantôme.

Il y a cinq ans, les tractopelles ont commencé à dévorer la forêt. Sans sommation. Un matin, elles étaient là. Lorsque les militants sont parvenus à stopper les machines, la forêt a avancé peu à peu sur la terre nue et noire. Les ronces ont rampé d'abord, en quelques jours, jusqu'au précipice et, pendant qu'elles toisaient les pelleteuses à l'arrêt, elles offraient à la forêt une matrice. Aline appelle cela une cage de rémanence. Les oiseaux, les insectes et les vents ont déposé dans la terre abîmée des graines. Au printemps suivant, déjà, les feuilles tendres des arbrisseaux dépassaient le couvert des ronces. Les voilà, désormais. Ils sont largement plus hauts que le front de Jérôme, et l'âne ne peut en dévorer que les feuilles les plus vertes et tendres. Les arbres sont jeunes. Ils sont comme la croûte de sang qui s'écaille sur la plaie.

Si Jérôme et Aline sont montés jusqu'ici, c'est pour les abattre.

Aline tient la hache bien ferme et Jérôme l'imite. Il a beau avoir vu tant de fois Rim le faire, toujours il oublie comment. Il pose les mains sur le manche comme Aline. Il prend ses appuis entre les ronces comme Aline. Les genoux bien pliés. Les jambes bien écartées. Et il frappe comme frappe Aline. Quelques coups suffisent à Aline pour que le mince tronc se plie. C'est comme si elle cueillait l'arbre après ça. Quelques coups de plus pour Jérôme, et quelques coups de pied pour arriver au même résultat. C'est brutal. Le sacrifice de l'arbre, Jérôme le paie de sa sueur, d'une douleur dans la clavicule, dans chaque atome de ses poignets, de ses doigts, de ses paumes.

La douleur amène les doutes.

Jérôme et Aline sacrifient de jeunes arbres pour sauver ceux qui occupent cette forêt, pour la première fois peut-être, sans en être les prédateurs. Jérôme et Aline prélèvent de jeunes arbres pour défendre les arbres. Ils serviront à construire les cabanes. Suivant l'âne et Aline sur le chemin tracé par le faisceau de jeunes troncs dans la mousse et les fougères à travers le pré, jusqu'à la scierie, Jérôme se demande si tout cela en vaut la peine. Si Aline ne résout pas cette contradiction en se considérant comme faisant partie de la Cingle. Une entité collective faite de créatures vivantes humaines et non humaines, une armée de femmes et de chênes, d'hommes et de ronces, de chiens et de scarabées. La Cingle, pour se défendre, consentirait au sacrifice d'une petite partie d'elle-même.

Jérôme traverse la forêt. Il n'a pas eu le cœur de se rendre à la Commune. Là-bas, il aurait hésité, sur un banc en lisière des autres, à participer aux discussions. Il longe la muraille de joncs, distinguant parfois, par les entrebâillements creusés par les défenseurs arrivés par ici le matin même, le sol tourbé du marais, constellé de flaques rougeâtres comme du thé.

C'est ainsi que, pour la première fois, il découvre la cabane de Kodama. C'est une grande surprise. Il la connaît, cette cabane aux contours presque stéréotypés, empruntés à celle du terroriste américain Unabomber. Dans son atelier de la maison rouge, il en a construit toute une série. L'une d'entre elles, après tant d'années, s'est peut-être finalement retrouvée ici. Jérôme ressent quelque chose comme de la fierté de la voir encore debout.

Sur une souche détrempée, il attend et observe.

Kodama ne l'a pas vu, tirant derrière elle une longue corde d'escalade. Elle entoure une grosse pierre à moitié immergée, provenant sans doute de l'éboulement qui, des siècles auparavant, a formé le gué de la rivière. Puis, corde à l'épaule, elle passe le gué. Sur l'autre rive, maintenant, elle déroule la corde et la glisse dans une série de poulies accrochées à un chêne, orphelin dans la tourbière.

Lentement, la pierre bouge et s'enfonce dans un trou d'eau.

Elle est assez immergée pour bien tenir, elle fera sans doute une sorte de pilier. Jérôme ignore comment Kodama s'y prendra pour construire seule un barrage. Mais il a confiance dans le génie chaotique de cette créature étrange qui bondit de joie, remue sa tête toujours couverte d'une cagoule verte.

Le pouce d'Yvain fait pression au centre de la paume de Jérôme. C'est là. C'est bien là. Toutes les douleurs que les coups de hache ont causées, on dirait qu'elles prennent racine au centre de sa paume pour s'étoiler dans le biceps, les cuisses et tout le long de sa colonne vertébrale. Le regard concentré d'Yvain, sous la bruyère de ses sourcils, Jérôme le sent dans sa main, à chaque pression.

– Tu tiens mal la hache. T'aurais dû demander à Aline.

Mais Aline l'impressionne. Son silence, surtout. Yvain rit. Elle ne parle pas quand elle travaille.

– Elle me le reproche souvent. C'est la première à m'avoir dit que je parlais trop.

C'est vrai. Yvain n'a jamais trop parlé. Il a souvent semblé à Jérôme que lui-même ne dosait jamais correctement la quantité de mots à injecter dans les conversations. Yvain, lui, y parvenait. Il se tenait à ce point d'équilibre entre le mutisme et la logorrhée. Ça ne voulait pas dire qu'il parlait juste. À la différence de Camille qui trouvait généralement le mot pour cristalliser l'idée et laisser penser, l'espace d'un instant au moins, que les choses gagnaient en clarté, Yvain plaçait parfois les mauvais mots au moment où il le fallait. Il savait rompre le silence. Mais faisant cela, il blessait. Et ce soir, alors que Jérôme lui montre les exercices d'échauffement qu'il a appris à faire au Désert avant de travailler, cet Yvain-là sévit de nouveau.

– On va vraiment parler d'exercices de musculation, Jérôme ?

Yvain soutient le regard de Jérôme comme s'il regrettait déjà d'avoir été brusque. Tentant de balayer ça d'un clin d'œil comme une bravade, il a donné à cette question, qui voudrait contraindre Jérôme à évoquer leur brouille de neuf années, la légèreté d'une allusion grivoise. S'expliquer tout de suite, Jérôme en est incapable.

– On s'est retrouvés, maintenant. On aura le temps de parler plus tard.

Yvain acquiesce. Jérôme a raison. En attendant le bon moment, ils garderont le silence en travaillant, comme le fait Aline.

Ce n'est pas le groupe électrogène qui fait trembler l'air de la scierie, mais l'imprudence des gestes d'Yvain. Dans l'atelier de Jean, il avait la même maladresse. À la fin de la journée, une ligne carmin traversera, parfaitement droite, la pièce ouverte aux quatre vents. Yvain n'aura plus que trois doigts à cette main qui accompagne un mince tronc sur le tranchant de la scie à ruban. C'est ce qu'il verra, Jérôme, il en est sûr. Une ligne de sang, une longue giclure sur les planches entreposées dans la scierie, et les doigts sur la terre battue, quand il tournera la tête dans la direction d'Yvain, alerté par un hurlement.

Jérôme mesure et marque les troncs, les prépare pour la découpe. Et lorsque Yvain sent ses doigts s'engourdir dans le vent froid, là, il prend sa place. Le soleil se lève. C'est un soleil d'avril qui offre une impression de chaleur aux yeux seulement, pas aux extrémités du corps. Le temps du relais n'est passé qu'à se réchauffer les mains, tendues vers le brasero, jusqu'à sentir la douleur vive de l'onglée. Le froid est ici l'ennemi. Il peut s'immiscer au bout de la main et rendre tout insensible, empêcher de mesurer précisément la distance, toujours mince, qui sépare l'ongle du ruban de la scie qui trancherait le doigt plus rapidement qu'un souffle.

Mais l'accident n'arrive pas, non, et devant le faisceau de troncs débités, Jérôme compte ses doigts.

C'était presque invisible dans les ramures des chênes. Ces corps d'adolescents perchés là-haut. Leur peau comme des entrebâillements de jour dans l'obscure densité de la canopée. Les cordes bleues, roses et jaunes, qui descendent des branches sur lesquelles ils sont juchés, les pointent, pour qui a l'idée de lever les yeux vers eux.

Yvain est en bas de l'arbre. Il tient la corde, sécurise Jérôme. Pendant toutes ces années au Désert, Jérôme n'a jamais accepté les invitations de Rim ou Silvio à grimper. Son corps n'est pas fait pour ça, il en est sûr. Il fallait bien Yvain en bas pour le convaincre de monter. C'est étrange, combien une confiance détruite peut ressurgir intacte soudain, des années après la cassure.

Un coup de marteau dans le tronc noueux du chêne, et la première cheville est plantée, le premier mousqueton accroché : il peut poursuivre son ascension. Il réitère l'opération à chaque palier et grimpe enfin sur une des plus hautes branches. L'équilibre est fragile. Il faut se contorsionner pour enfiler la corde dans le mousqueton.

Il glisse. Et se retient juste à ça du vide.

Tremblant, Jérôme s'assoit sur la branche.

On ne l'aide pas. De toute évidence, il va bien. Il a eu peur, c'est tout. On s'affaire en dessous de lui, on hisse déjà les plateformes. La corde est secouée, une fois, deux fois, trois fois. C'est Yvain, bien planté sur ses jambes, en bas, dans les feuilles mortes.

– Viens, je te fais descendre.

Quand ses pieds touchent l'humus, brûlure jusqu'à l'épine dorsale ; c'est sentir soudain le vertige plonger sous terre et disparaître parmi les vers et les racines.

C'est Yvain qui est à la place de Jérôme, désormais. Jérôme l'assure. Yvain est une sorte d'émissaire. L'architecte avait consenti à ne pas faire l'architecte, à ne pas décider de tout à l'avance, seul et génial devant sa feuille comme le sujet d'une peinture humaniste. Il ne pensait pas que le vertige le réduirait à n'être qu'une grue. À regarder cela prendre forme. Derrière le tissage des branches, le bruit permanent des visseuses, voir se dessiner peu à peu l'ombre d'une plateforme. Une figure parfaitement octogonale qui semble à Jérôme être une bonne solution.

Il reste architecte malgré lui, donne de loin des instructions à ceux qui sont en haut : Il faut chercher l'équilibre sur les branches elles-mêmes, dit-il. Abîmer l'arbre le moins possible. Yvain lève le pouce pour seule réponse. C'est une certaine forme de joie. Une plénitude d'architecte. Jérôme est heureux. Sans doute n'avait-il pas été, depuis longtemps, aussi heureux qu'il l'est avec Yvain au-dessus de lui, construisant avec lui cette cabane faite autant de bois que de rage et d'idées. Yvain, qui se met à descendre en rappel afin de pouvoir, suspendu au-dessus d'un vide de cinq ou six mètres, fixer un tronc à l'aide d'un lourd marteau de bois. Un coup de ce marteau, une pression sur la corde, et Jérôme lâche : il sent le corps de son ami lui tomber des mains.

Yvain se rattrape en gémissant à une branche voisine. Il n'est pas mort, mais une fois au sol, son genou lui fait mal.

Alors que Jérôme le soutient jusqu'à la ferme pour l'asseoir sur son matelas de paille, il ne peut que répéter qu'il est désolé, qu'il est désolé encore. Pourtant Yvain ne lui en veut pas. Peut-être est-il seulement concentré sur cette douleur qui lui tend les mâchoires.

– Si t'arrêtes pas de répéter ça, je vais m'énerver, Geronimo.

Yvain et Jérôme sont des oiseaux tombés de l'arbre. L'un et l'autre, ils se pansent. Bricoler pour Yvain une attelle avec deux simples morceaux de bois et des bandelettes de lin prises à la pharmacie de la Commune. Serrer fort et entendre Yvain ravaler sa salive ; c'est une douleur que Jérôme inflige à Yvain. Chaque soir, il faut refaire l'attelle. Raccompagner Yvain depuis les coins les plus reculés de la Cingle. Depuis la ferme d'Aline. Depuis la colline où il a aidé, rampant, à tresser les ronces pour en faire un piège. Depuis la Commune où, assis comme un grand-père, il a participé comme il pouvait aux travaux de fortification, en architecte lui aussi, en maître d'œuvre, en donnant des ordres qui n'ont pas été écoutés. Où, cette blessure lui assurant sans doute un charisme supplémentaire, il a animé les discussions les plus vives.

Chaque soir, Yvain ravale sa salive.

Cette vulnérabilité est pour Jérôme un cadeau. La douleur d'Yvain est le prix du pardon. Et trois nuits durant, se couchant près d'Yvain sur le même matelas que lui, gardant avec lui une distance chaste, Jérôme gagne la certitude de renouer quelque chose dans le fil de sa propre vie, quoiqu'il ne puisse précisément comprendre quoi. Quelque chose. Il s'occupe d'Yvain. Il veille sur lui. Cela tient lieu de conversation. Quelque chose se répare en serrant les bandelettes de lin autour du genou d'Yvain.

Pendant ces jours et ces nuits, la Cingle a été fiévreuse. Le nombre de langues parlées autour de la commune s'est agrandi. De toute l'Europe on est arrivé pour la défendre. Ils sont peu, ce n'est pas une armée mais quand même : la résistance de la Cingle porte un espoir.

Une dizaine de cabanes sont apparues dans les arbres entourant le grand pré. On a appris et réappris le poème zoologique du scarabée, credo des occupants de la Cingle. *Le scarabée caméléon est l'unique représentant du sous-genre monotypique des anamorphes, du genre des cassides.* On l'a inscrit partout. *De la grande famille des chrysomèles, de l'infra-ordre des cucujiformia.* Sur les murs de la Commune. *Du sous-ordre des polyphages, de l'ordre des coléoptères, du super-ordre des holométaboles.* Sur les banderoles descendant des tours de guet comme des fanions. *De l'infra-classe des néoptères, de la sous-classe des ptérygotes, de la classe des insectes.* Sur la route menant à la Cingle qu'emprunteront bientôt les keufs. *Du sous-embranchement des hexapodes, de l'embranchement des arthropodes, du règne animal.* Les cabanes ont maintenant un squelette, une peau et un visage : elles ont été ornées, ont gagné la blancheur de maisons bourgeoises, le caractère organique de huttes de feuilles aux parois couvertes d'épines sèches de pin, presque fourmilières, le dépouillement de maisons sur pilotis. Elles ne sont parfois que des plateformes sur lesquelles viennent se planter les tentes arrachées au pré, comme des surélévations poétiques de la terre occupée. Une dernière plateforme reste nue et incomplète, seule une trapéziste pourrait s'y installer.

L'édifice gigantesque formé par toutes les cabanes sylvestres et les barricades a pour Jérôme la complexité d'un arbre.

Il a vu les corps en action de ceux qui bâtissent, avec rien ou presque, la muraille autour. Il a vu comment cette poliorcétique est une affaire de muscles et d'instinct, de gestes semblant souvent peu pensés et faisant toujours mouche. Comme si la Cingle revêtait une armure d'elle-même. Des ronces tressées à l'entrée de la colline et tout autour des ruines du manoir où dorment les scarabées. Des chicanes placées de nuit sur les routes menant à la ferme d'Aline. La muraille bâtie autour de la Cingle est presque invisible. De loin, on ne voit que la colline boisée, les marécages où poussent les joncs et les falaises dégoulinant de lianes. Au premier regard, c'est la forêt. On cligne des yeux et soudain on voit : c'est une forteresse.

Sous les pieds de Jérôme coule la rivière, comme toutes les nuits depuis mille ans au moins. Sous ses yeux s'étale la noire canopée de la Cingle, la forêt dans la nuit perlée des lumières des cabanes sylvestres déjà occupées. En bas, c'est la fête. Il y a un violon. Il y a une guitare. Il y a des mains qui frappent et des chaussures qui piétinent en rythme. C'est comme observer un tableau mouvant où Kodama danse, un chiot bondissant et tournoyant autour de ses pieds.

Jérôme est perché dans l'obscurité, blotti dans la fraîcheur d'avril. Au sommet de la tour de guet.

Jérôme tient la tour, comme dit Yvain.

Entouré par les lumières de la Cingle en fête. En face est son miroir : les blindés, grands phares allumés, là-bas, vers le hameau abandonné, le centre de commandement installé pour lancer l'évacuation. Elle ne devrait plus tarder, c'est ce que dit Aline.

Jérôme tient la tour et le son autour est couvert par le bruit du cœur.

Il sent bien que le bruit du cœur préfigure celui des grenades. Le bruit du cœur quand vient la peur que demain, il faille choisir entre se battre et s'enfuir. Le bruit du cœur lorsque, après la relève, il retrouve Yvain à la ferme et sans un mot l'enlace et le couche sur le lit. Dans les oreilles et dans l'esprit, le bruit du cœur quand sa langue joue sur sa langue. Quand Yvain se glisse derrière lui comme un courant d'air et lentement pénètre en lui.

Les troncs dévalent la colline, glissent sur le calme flot de la rivière et viennent, comme prévu, s'entasser contre les pierres. Kodama jubile. Elle admire le beau travail.

Jérôme, lui aussi, trouve ça beau.

Le barrage a été mis en place dès qu'on a appris que les marais étaient cernés, que plus personne ne pourrait rejoindre la Cingle par là. Il fallait bloquer le passage aux keufs. Les troncs obstruant le lit de la rivière, le niveau de l'eau monte. Le gué n'est plus qu'un souvenir. Là où était la rive, les têtes ovales des joncs s'agitent à la surface, ils boivent la tasse.

C'est toute la Cingle qui est encerclée maintenant.

Aline le voit, tenant contre ses yeux ses jumelles. Les blindés sont parqués à une centaine de mètres de sa ferme, bloquant la route. Les chicanes sont dégagées à la pelleteuse. Cela prendra des heures encore. Il faut se préparer. Jérôme lâche la pierre qu'il tenait pour maintenir le kayak et offrir à Aline un point de vue stable, puis pagaie avec elle jusqu'à la rive.

Caché sous des branches, le kayak est en sécurité.

À la seconde où Jérôme pose le pied à terre, c'est comme si la nature entière de la Cingle avait changé.

Tout y est mouvement. Partout, ça bouge.

Dans ces moments, Jérôme l'a déjà vécu, c'est comme si le temps devenait une matière palpable. Qu'il se densifiait et entamait une course rapide, tel le serpent d'acier incandescent qui court dans un laminoir. La Cingle est assiégée, désormais. Tout court à l'affrontement. Le grand pré bruit des marteaux de ceux qui finissent de monter les dernières palissades autour de la Commune et des buissons de mûres qui, selon Aline, sont une cache de scarabées. Ainsi, les keufs ne les dérangeront pas, ils chercheront les humains et ne piétineront pas le reste. Elle l'espère.

Partout, des visages, on ne voit que les yeux. À la Cingle, au moment de l'assaut, on ne porte pas de simples cagoules ternes, mais des passe-montagnes colorés, des T-shirts bariolés enroulés autour de la tête et décorés de tulle provenant de costumes d'enfant. Kodama, elle, porte sur son crâne, au-dessus de sa cagoule verte, une fleur de feutre violet, comme un casque distinguant une phalange d'élite dans cette armée sans autre arme à opposer aux matraques, aux boucliers, aux armures, aux grenades, aux pistolets, aux fusils semi-automatiques, aux drones, aux canons à eau, aux gaz et aux blindés des keufs que des corps fragiles et déterminés, vêtus de couleurs.

Kodama s'affaire dans la foule.

Elle distribue des petits papiers sur lesquels ont été inscrits à la main des numéros de téléphone d'avocats alliés. Jérôme connaît bien ces billets. Il se souvient encore des numéros appris dans le fracas de la place d'Italie ou dans les brumes de gaz du boulevard du Montparnasse, les jours de manifestation, des artefacts d'une époque lointaine jamais complètement enfouis. Il sait qu'il devrait les lire, les apprendre par cœur et les tendre à un camarade, qui les tendra à une camarade, qui les jettera, quand les keufs encercleront le dernier bastion, dans la rivière ou le brasero, ou les donnera à manger à l'âne qui mange toujours tout ce qu'on lui donne. Mais lorsque Kodama lui en tend un avant de s'enfuir aussitôt, il ne le lit pas. Il le dépose dans la main d'une inconnue qui passe ; il n'en a pas besoin, lui. Il n'a jamais été pris. Yvain appelle ça la chance de Geronimo. Être resté puceau de la garde à vue, de l'interpellation, même. Être toujours passé entre les gouttes.

– Tout le monde s'appelle Camille ici ?

Elle semble surprise, la journaliste. Jérôme avait presque oublié sa présence. Dans l'urgence des préparatifs, elle a dû être reléguée si loin à la marge que personne ne pouvait la voir. Mais l'assaut est proche : soudain, elle est réapparue.

– Tout le monde s'appelle Camille ici ?

Oui, sans doute, on lui répond avant de s'éclipser. Elle tend son micro, en vain, vers Camille qui accourt, Camille qui attache une banderole, Camille qui fixe le harnais de Camille. Répondre à une journaliste, personne n'a le temps pour ça.

– Pourquoi Camille ? Par souci d'égalité ? Pour être anonymes et vous protéger ?

Oui, sans doute, lui répond Camille, s'en allant rejoindre toutes les Camille de la Cingle, les Camille des arbres et des barricades. La journaliste, dépitée, éteint son enregistreur et range son micro. La voyant s'approcher de lui, Jérôme remonte sur son nez son bandana. Ce geste la fait reculer d'un pas.

Camille.

L'usage de ce pseudonyme dans les luttes, il le croyait un peu perdu, tombé en désuétude depuis la décennie précédente. L'entendre lui retourne le ventre.

Camille est partout.

Mais Yvain, dans la foule, est introuvable. Il n'est pas aux abords de la Commune, pas dans le pré. Jérôme longe les joncs et pénètre dans la forêt où on tire des cordes comme sur le pont d'un navire avant l'abordage, où on assure les corps qui se hissent au sommet des arbres. Il se faufile dans cette toile de cordages fluorescents, jusqu'à trouver Aline qui, clignement de l'œil, pointe son doigt vers là-haut. Yvain est perché dans une cabane, il lui crie :

– J'aurais voulu te dire au revoir, Geronimo.

Moi aussi, voudrait-il lui répondre. Et pourtant il ne dit rien.

– Tu vas t'enfuir, c'est ça, Geronimo ?

– Non.

– Fais pas le brave, écoute. J'ai besoin que tu fasses ce que tu fais le mieux : te casser de là. Chez moi, sous l'établi, il y a une enveloppe. Prends-la et casse-toi sans te faire attraper, OK ? Si ça se passe mal, quelqu'un t'appellera pour la récupérer.

Jérôme accepte, bien qu'il ait un peu honte de devoir fuir.

Il fait ce qu'Yvain lui a demandé de faire.

Il franchit les barricades autour du pré, les lignes bleues de jeunes choux soigneusement épargnées. Longe la rivière en crue depuis qu'a été installé le barrage de Kodama. Les pieds dans l'eau, il parvient à rejoindre la ferme, déjà partiellement inondée. Et sous l'établi il prend l'enveloppe. Il prend aussi autre chose : un livre qu'il n'a jamais lu, mais qu'il se souvient d'avoir offert à Yvain. Un exemplaire de

L'Odyssée qu'il avait étudié à la fac. C'était il y a longtemps, avant même la maison rouge. Jérôme noue contre son ventre l'enveloppe et le livre. Il a trop aidé à la défense de la Cingle pour s'enfuir si vite : il repart en pataugeant vers la bataille.

Il serait difficile de dire à quel instant précis a commencé la bataille. Peut-être au lever du soleil ce matin. Peut-être il y a des semaines, lorsque les messages sont partis, demandant à travers toute l'Europe des renforts, et que Jérôme est venu. Peut-être avant encore, quand Aline avait découvert le scarabée caméléon et qu'elle s'était installée ici, bien décidée à sanctuariser son habitat. Peut-être. Mais il y a un moment où la bataille commence en soi, où un événement nous sort du temps de la vie. Ça a pu être un coup de canon, autrefois, pour les ancêtres. Ça a pu être des grenades, sur une grande avenue, pour Jérôme, il y a longtemps. Ce matin, la bataille commence en lui à l'instant où Camille cagoulé de gaze bleue, courant pour rejoindre le sommet de la colline où il doit relever le guetteur, s'arrête brusquement et s'agenouille à côté de lui. Il ramasse une grenouille qu'il reconduit, à dix mètres de là, parmi les joncs.

– C'est dangereux pour les grenouilles ici.

Autour, partout, ça coasse.

– C'est la période de reproduction pour elles. Elles vont se faire défoncer.

Et puis Camille escalade la colline jusqu'au guet. Débute alors pour Jérôme le temps de l'attente. À tenir la banderole ornée de scarabées dessinés en pointillé ou en surbrillance, blanc sur blanc, des scarabées de toutes les formes imaginaires, puisqu'ils sont, pour tout le monde excepté Aline, imaginaires, car invisibles. Tenir ferme la banderole. Glacée dans les mains. Il y a là toute une ligne de Camille. En face, les arbres qui s'enroulent autour du chemin grimpant vers le manoir en ruine. Au loin, le bruit. Le poème répété au mégaphone par les soutiens qui sont allés à la rencontre des keufs, de l'autre côté de la rivière. *Le scarabée caméléon est l'unique représentant.* Tenir ferme la banderole et sentir la bataille en soi se lever, le poing se serrer. *Du sous-genre monotypique des anamorphes.* Car ils arrivent. *Du genre des cassides.* Des cris s'élèvent sur la colline, pas des cris de guerre, mais des cris de stupeur, d'effroi peut-être. *De la grande famille des chrysomèles.* Camille est le premier à apparaître, il dévale la pente et tombe et roule dans le chemin boueux, se glisse avec la rapidité d'un furet sous la banderole. *De l'infra-ordre des cucujiformia.* Puis apparaît Kodama qui agite les bras et gueule. *Du sous-ordre des polyphages.* Elle crie : Ils arrivent ! They're coming ! *De l'ordre des coléoptères.* Et ils arrivent, oui. Quelques mètres derrière Kodama, Jérôme les voit distinctement. La compagnie de keufs descend la colline. Comme une ombre qui obscurcit l'espace entre les jeunes feuilles des arbres. *Du super-ordre des holométaboles.* Kodama surgit près de Jérôme, poussant de petits cris extatiques, tandis que l'ombre se découpe en silhouettes : les keufs armés, boucliers, armures, casques, qui courent, encore indistincts soldats de plomb, entre les chênes. Et ils s'arrêtent. Ils font une ligne face à la ligne. Le commandant est protégé, derrière, mais on voit bien ses yeux. Ils sont bleu clair, un bleu mauvais. *De l'infra-classe des néoptères.* Et les keufs sont en face, intimidant toute la ligne de Camille, excepté Camille qui vient de redescendre de la colline. Il raconte ce qui s'est passé, là-haut, hilare : la Cingle s'est défendue sans l'aide de personne. Les keufs ont grimpé la falaise sur de grandes échelles. *De la sous-classe des ptérygotes.* Comme prévu, ils se sont pris les pieds dans les ronces. Quand ils ont aperçu le manoir, ils ont cru à un lieu fortifié. Ils ont attaqué les palissades à la hache. Matraque contre la cuisse, ils sont entrés. On a entendu un bourdonnement monstrueux, et Camille les a vus sortir en courant de la ruine et tomber à terre, pourchassés par une nuée de milliers d'insectes dont les battements d'ailes semblaient être un cri. C'est la première fois qu'il le voyait, le scarabée caméléon. *De la classe des insectes.* Les keufs se tiennent là avec leur carapace, ils sont d'autres coléoptères. *Du sous-embranchement des hexapodes.* Le commandant prend son mégaphone. *De l'embranchement des arthropodes.* Première sommation. *Du règne animal.* Quelques LBD émergent de la ligne. Avec leurs matraques, les keufs battent la mesure sur leurs boucliers. À l'unisson. Un rythme lent et martial sur lequel Jérôme cale sa respiration pour ne pas s'enfuir, terrifié. Un premier palet de lacrymo vole au-dessus des têtes, qui se lèvent pour le regarder passer. Jérôme inspire grand avant que le gaz n'entre dans ses poumons, remonte son bandana sur la bouche. Et le palet siffle à l'arrière. Et la brume s'épaissit derrière les lunettes de piscine. Et le goût acide du gaz traverse le bandana. Et le cri des keufs éclate, la forêt en réverbère l'écho ; c'est la charge. Les silhouettes caparaçonnées se dessinent dans le brouillard mouvant du gaz. Camille crie de tenir la banderole, de rester groupés. Camille crie de ne pas reculer. Mais la ligne se brise et recule sous la pression colossale des coups de matraque. Jérôme lâche la banderole et court. Il n'est pas le seul. Kodama est devant lui. À ses côtés, Camille chute. Il le relève à temps pour ne pas tomber à son tour sous les coups. D'autres n'ont pas cette chance. À quatre sur Camille. Camille traîné. Camille emporté au loin, vers la rivière. Camille à terre, toussant à en vomir. Camille hagard, à la lisière de la forêt, le front sanglant. Les keufs sortent de partout. Les palets de lacrymos dessinent des serpents dans l'obscurité des cimes, rebondissent sur les troncs. La Commune est en vue maintenant, et d'autres groupes de keufs surgissent dans le pré. En quelques minutes la Cingle en est submergée. Les assauts ont été multiples et, déjà, la Commune est le seul repli possible. Camille en maintient les portes ouvertes. Camille grimpe sur le toit où tant de Camille s'entassent déjà. Un tour sur lui-même, et Jérôme le comprend vite, aucune silhouette connue, nulle part. Il est seul. Aline n'est pas là. Yvain est perché. Tout le monde s'est dispersé dans le chaos et la Cingle est méconnaissable. Camille lui fait signe de rentrer. Dans son dos, le bruit d'une charge, comme une bourrasque qui le pousse, mais il ne bouge pas. Ce serait le moment de s'enfuir ; il n'en a même pas le temps.

– Viens m'aider, toi.

C'est la première fois que Kodama lui parle. Elle lui attrape la main et l'entraîne à travers le pré. Jérôme se laisse tirer dans les nuages de gaz décharnés, virevoltant sous les sapins comme des spectres, dans le fracas des grenades qui explosent à leurs pieds, entre les cordages colorés lancés du haut des cabanes où se sont attachés les occupants. Et là Kodama s'arrête. Au-dessus d'elle, la cabane inachevée, sa structure squelettique. Elle résistera à son poids, sans doute. Mais, Jérôme en est sûr, personne ne peut tenir là-haut plus que quelques heures. Kodama ne se laissera pas convaincre de rester à terre ; elle accroche déjà la corde au mousqueton de son harnais. L'autre bout de la corde enroulé autour de ses hanches, Jérôme se tient prêt. Kodama ne grimpe pas tout de suite, cependant. Elle le regarde fixement. Et franchit d'un bond les quelques pas qui la séparent de Jérôme pour le prendre dans ses bras. Durant quelques secondes qui lui semblent si longues. Puis, sans un mot de plus, elle entame l'ascension. Jérôme l'assure, un peu sonné. À peine s'est-elle hissée au sommet de l'arbre, dans cette cabane qui n'est encore que l'idée d'une cabane, que Jérôme lâche le cordage.

– Casse-toi maintenant.

Jérôme obéit à Kodama. Il se casse vers la rivière. Il ne se retourne pas quand retentit un tir de grenade, là-bas, près de la Commune. Des hurlements terribles, comme jamais il n'en a entendu.

Longtemps, il le sait, il se sentira coupable de s'être ainsi enfui de la Cingle. D'avoir abandonné tout le monde. Il se racontera une histoire. Il se dira qu'il avait obéi à Yvain. Que pour aider, il lui fallait fuir. Il se le raconte déjà alors que le kayak descend la rivière.

Autour, c'est comme un feu de forêt.

Il n'y a pas de flammes, il n'y a que la fumée des gaz.

Mais quelque chose brûle, quelque chose se consume qui ne renaîtra pas. C'est une sorte de promesse qui brûle. La possibilité que plusieurs futurs cohabitent, que l'humanité dans son crépuscule produise quelque chose de beau au lieu du seul et même désastre.

Jérôme flotte à travers le désastre, espérant ne pas être vu par les sentinelles. Elles sont occupées à autre chose. Près du pont effondré, au loin, une dizaine d'adolescents sont à genoux, cagoules tirées.

C'est le moment de rejoindre la rive inondée par le gonflement artificiel de la rivière.

Quelques coups de pagaie et Jérôme accoste sur le désastre. Se faufile dans les herbes hautes jusqu'au rocher qui cache l'entrée du tunnel. Rampant pour se frayer un chemin dans la tanière de Kodama, il se répète qu'il ne pouvait faire autrement. Il traîne sa lâcheté à travers le tunnel, jusqu'au tombeau, dans l'ombre duquel il attend un peu que, au loin, le fracas des grenades se calme.

Il range son bandana et prend un air assuré, celui de quelqu'un qui a quelque chose à faire au cimetière. Sac sur l'épaule, il pousse la porte du tombeau et se retourne, fait un signe de croix. Salue un homme qui arrange un massif de fleurs sur une pauvre tombe ornée d'une croix de bois. Les yeux de l'homme sont rouges du gaz lacrymogène porté par le vent. Ils sont écarquillés, aussi. Jérôme voulait ressembler à un simple passant, mais il n'a pas enlevé ses lunettes de piscine.

Au volant de la Volvo, après avoir revêtu la chemise et le blazer en tweed du docteur qui étaient restés, neuf années durant, dans le coffre, Jérôme quitte la Cingle. Il passe sans encombre un barrage à quelques centaines de mètres du cimetière. On n'arrête pas un homme vêtu ainsi, et dans une telle voiture : aller à l'insurrection en Volvo, ça ne se fait pas. Il s'engage sur la route d'Arras, déserte, à l'exception de paniers à salade garés sur le bas-côté. Jérôme les ignore pour ne pas croiser, derrière les grilles opacifiant partiellement le vitrage, les yeux des camarades. À un carrefour, il ralentit. Là, au milieu de la nationale, trottine une minuscule silhouette noire. Devant sa voiture, Jérôme s'accroupit.

– Viens par là.

Le chiot s'approche. Aucun doute possible, il s'est échappé de la Cingle. C'est un des chiots de la fratrie jouant dans le pré de la Commune. Peut-être même celui qui, la veille, bondissait autour du corps dansant de Kodama.

Assis sur le siège passager, il s'agite un peu lorsque la Volvo redémarre. D'une main, Jérôme lui caresse le crâne, le dos et le dessous des oreilles, les yeux rivés sur l'embranchement. La Volvo se glisse sur l'autoroute et le moteur s'ébroue. Bercé par la vitesse constante, le chiot s'endort bientôt. Derrière, le jour tombe. Le soleil, aveuglant dans le rétro, plonge vers la Cingle.

Comme un muscle en refroidissant réveille une douleur que l'effort atténuait, la honte revient. Le calme presque sépulcral de l'autoroute n'apaise rien. Ce n'est d'ailleurs plus tant la honte qui étreint Jérôme que la peur pour ceux de la Cingle. Des images le hantent. Aline capturée au cours de l'assaut de la ferme qui fut si longtemps son foyer. Les scarabées caméléons chassés vers la rivière, et les grenouilles piétinées. Kodama, usant de toutes ses forces pour maintenir son équilibre dans la cabane inachevée. Yvain, surtout. Yvain qui a dû assister à la destruction de sa ferme. Même le chiot près de lui ne nettoie pas cette honte. Même la nuit, même la route. Même la certitude d'avoir fait quelque chose d'utile, d'avoir gardé en sécurité les papiers qui aideront peut-être Yvain. Même la certitude que fuir était bien ce qu'il fallait faire. La honte est là : si Jérôme apparaissait au milieu de la chaussée, il ne freinerait pas.

Au milieu de la Champagne, l'autoroute se couvre soudain de ce que Jérôme croit être du brouillard, mais qui n'en est pas. Une odeur de paille et d'essence brûlées traverse le système d'aération et emplit l'habitacle.

Un panneau apparaît et Jérôme, les yeux pleurant et les bronches prises, s'arrête sur une aire de repos : au loin, de grands brasiers. Des bottes de paille et des bougies de la taille de poubelles de bureau qui illuminent les lignes de vigne, comme les réverbères d'une gare de triage. Chaque année c'est la même chose, printemps précoce et gelées tardives détruisent une grande partie des récoltes. Puis arriveront sécheresse, incendies, inondations. Mais cela n'importe pas, murmure Jérôme pour lui-même, pour le chiot qui se réveille, agité. Ce qui importe, c'est d'expulser trois paysans communistes d'une terre inexploitée, d'assiéger, d'assaillir leur lieu de vie, de le détruire comme, il y a deux millénaires, des légionnaires romains détruisaient un village dont ils appelaient les occupants des barbares. Jérôme ferme les yeux et se rassure en se disant que, dans quelques heures, il remontera, depuis Annecy, jusqu'au Val. Il déposera la Volvo chez Silvio. Et suivra avec Han et le chiot le chemin qui mène au Désert. Le Désert est assez haut pour oublier, quelques semaines durant, le désastre. Il pourra oublier, oui. Reprendre le cours d'une vie vouée à oublier calmement ce que fut la vie. La Cingle était un accident. Cela ne se reproduira pas.

À côté de lui couine le chiot.

Peut-être a-t-il rêvé à ses frères et sœurs, écrasés quelque part dans le sol retourné de la Cingle, ou livrés à eux-mêmes sur une terre désolée dont ils reconnaissent seulement la voûte des grands chênes. Il tournoie sur son siège, agitant la tête et les oreilles, puis éternue.

Terrifié soudain, il recule contre le dossier.

Regarde s'envoler de son museau un insecte noir de la taille d'un ongle, produisant de ses ailes claquant sur sa carapace un entêtant bourdon grave. Posé sur le tableau de bord en cuir, l'insecte rétracte ses minces pattes, ferme ses ailes. Il ressemble à une perle désormais. Une perle noire qui, peu à peu, se mordore, s'irise.

Le scarabée caméléon est là, sous les yeux de Jérôme et du chiot.

Il ne prend pas la couleur charbon du tableau de bord. Il se fond dans la couleur de la nuit. À la surface de sa carapace, la profondeur du noir est traversée par les lueurs et les reflets ardents des brasiers.

Ma mémoire est une maison

La douane apparaît au bout de la voie rapide, ses chapiteaux blancs singeant des montagnes enneigées qui n'existent plus par ici. Jérôme ralentit, s'arrête devant le poste. Planté sur le trottoir, les mains sur les hanches, le douanier observe le chiot sur le siège passager. Jérôme ouvre la fenêtre.

– Rien à déclarer ?

Le chiot se met à grogner, aboie de ce petit couinement qu'il voudrait terrifiant. Il n'aime pas les keufs : il vient d'en voir une compagnie décimer les siens.

– Non, j'ai rien à déclarer.

N'importe qui sourirait de voir une bête minuscule faire le monstre devant soi. Mais le douanier, non. Il se vexe, même.

– Sortez du véhicule.

Jérôme fait ce qu'on lui dit de faire : il sort.

– Vous venez d'où ?

– De France.

– Vous faisiez quoi en France ?

Il pourrait lui répondre que s'il était en France, c'est parce qu'il a la nationalité de ce pays et qu'il y réside. Il le sait, le douanier n'apprécierait pas son ironie.

– J'étais allé rendre visite à mon père, près de Montbéliard.

– Où, précisément ?

– Aux Verrières.

Jérôme n'a pas l'impression de mentir. Cela fait près de dix ans que le docteur est mort et pourtant, il lui a bien rendu visite. Il a pénétré dans sa maison vide. Conduit sa voiture à travers la France pour retrouver Yvain. Il a visité la vie d'avant : il est retourné dans la maison de sa mémoire.

– Ma mémoire est une maison.

C'est ce qu'il avait dit un jour au docteur. Il avait huit ans, peut-être un peu plus. À cette époque, ils vivaient tous les deux, seuls dans la grande maison. Un soir, le docteur avait dû quitter tard le cabinet au rez-de-chaussée. Il avait trouvé Jérôme dans la cuisine, immobile, les yeux fermés devant le placard encastré, le visage tout près des portes closes en formica bleu.

– Tu fais quoi ?

Jérôme avait alors montré à son père les devoirs étalés sur la table de la cuisine.

– Ma mémoire est une maison. Quand je veux me souvenir de quelque chose, je ferme les yeux et je le range quelque part.

– Tu ranges quoi dans le placard de la cuisine ?

– Les choses de l'école.

– Pourquoi là ?

– Parce qu'on remue souvent les choses dedans.

Le docteur avait peut-être embrassé son fils, caressé sa tête ; dans sa mémoire, c'est ce que fait encore son père, fantôme de tendresse.

– Comment ça a été à l'école aujourd'hui ?

Jérôme avait répondu : Bien. Puis on avait sonné à la porte, comme cela arrivait fréquemment, le soir. Quand le docteur était sorti de la cuisine, Jérôme avait de nouveau fermé les yeux. En pensée, il était allé ranger ce qu'il venait de dire au docteur dans le tiroir du placard, le tiroir où, tous les soirs, il prenait les couverts. Un endroit parfait pour retrouver ce qu'il faut retrouver souvent, par exemple des mensonges. C'est difficile de retenir un mensonge, de ne jamais oublier avec quelle fiction on l'a construit quelques jours auparavant. Il faut pouvoir ne jamais se contredire, se rappeler le dernier mensonge très vite. Pouvoir dire au docteur, si occupé à soigner les gens, que la journée s'est bien passée alors qu'elle a été solitaire et grise. Comme d'habitude, Jérôme était resté muet, bloqué derrière ce voile invisible et impénétrable qui le séparait des autres. Ce voile, seuls Camille et Yvain parviendraient un jour à le crever.

Pendant que le douanier fouille le coffre de la Volvo, étale sur l'asphalte le contenu du sac à dos, Jérôme songe que sa mémoire est peut-être encore la maison du docteur. Telle qu'il l'avait abandonnée quelques mois après la mort de son père. Avant de partir, ses souvenirs, il les avait entassés pêle-mêle dans le grenier. Leur classement est perdu à jamais. Depuis qu'il a revu Yvain, ils déferlent dans les escaliers. La vie d'avant inonde le rez-de-chaussée.

Si Jérôme devait, en cet instant, raconter la vie d'avant, elle s'étendrait entre des bornes précises : l'apparition de Camille en 2007 et sa disparition en 2021. Une disparition comme une évaporation. Après une jeunesse de combats qui avait l'urgence et le fracas des jours à la Cingle, Camille avait un jour disparu sans laisser de trace visible : elle a bien laissé, profond en Jérôme, une blessure. Entre 2007 et 2021, cela fait quatorze années, c'est pour Jérôme toute sa vie. Avant Camille, il n'y avait rien d'autre que la solitude et le gris. Après Camille, c'est pareil.

Camille apparaît un jour de mars. Jérôme a dix ans, elle aussi.

À la lumière glauque du réverbère, sous la pluie de mars, elle est là, sortant de la Volvo qui porte, sur son toit, une cantine militaire que détache le docteur. Il y a dedans tous les objets de sa vie.

Dans l'escalier de la maison du docteur, Jérôme tire la cantine pour Camille. Il veut l'aider. Un soir, le docteur lui a dit que Camille allait venir vivre chez eux, qu'il faudrait être gentil avec elle. Camille, c'est sa filleule. Ses parents sont morts et c'est avec eux qu'elle va vivre désormais. Plus tard, Jérôme réussira à rassembler quelques détails faisant récit. Il comprendra que les parents de Camille et le docteur avaient été amis dans leur enfance. Que leur amitié était forte et presque amoureuse. Le docteur s'était installé aux Verrières, les parents de Camille ailleurs, loin. Camille et Jérôme étaient nés la même année, et le docteur était devenu le parrain de Camille. Le soir où Camille avait perdu père et mère, Jérôme avait, sans le savoir, perdu une marraine dont il ignorait l'existence. Aujourd'hui encore, il ne connaît même pas son nom.

Mais Jérôme n'en est pas là, non. Pour l'instant, il tire la cantine sur le parquet de la chambre sous les combles, la dépose au bout de deux rais de lumière parallèles comme des rails de chemin de fer. Camille s'assoit sur le lit, silencieuse. Il faut lui laisser du temps. Jérôme sort de la pièce et l'attend, timide, dans le couloir.

Combien de minutes se sont écoulées ? Dix, peut-être trente. Camille passe la tête par l'entrebâillement de la porte. La tristesse ne s'est pas effacée de son visage, et pourtant, des yeux, elle sourit presque.

Sous la pluie si fine qu'elle est presque brouillard, ils marchent. Jérôme ne sait pas ce que c'est que perdre sa mère, il n'en a jamais eu. Il n'a pas de sœur, pas de frère à qui il pourrait croire l'avoir dérobée, sa vie éteinte au moment où elle lui donnait naissance. Jérôme ne sait pas, alors il écoute d'abord. Ils sont assis, les fesses mouillées, sur le revêtement glacé du toit du parking prolongeant la dalle. Les pieds de Camille dansent dans le vide tout comme ceux de Jérôme. C'est le premier instant de leur amitié, elle s'inaugure par le silence, qu'habituellement les amis conquièrent, si tant est qu'ils y parviennent seulement. Un chat tricolore passe. Camille claque sa langue contre ses dents, le chat pose sur elle ses yeux, mais n'avance pas. Il se glisse entre les thuyas et disparaît dans le carré de pelouse d'un pavillon. Camille dit que ce qui lui manque, ce n'est pas ses parents. Ce n'est pas sa maison. Ce n'est pas tout ce qui faisait ce qu'on appelle la vie et qui s'est effondré, quelques semaines auparavant, non. C'est ce chat qui a quitté la maison peu avant qu'elle la quitte elle-même pour rejoindre celle du docteur. Il est déjà le chat d'un autre. Et il lui manque.

Peu de temps après, Jérôme, un soir, voit un petit chat gris errer. Il s'approche de lui et le capture. Un cadeau pour Camille qui, toutes les nuits, jusqu'à leur départ, dort avec. Le docteur leur a planifié un voyage en montagne ; le chat en fera partie.

Pour faire connaissance, le docteur les fait arpenter tout le Val, un Val que Jérôme, plus tard, arpentera de nouveau, pendant des années. Le voyage dure un mois et ce mois est beau, c'est ce dont se souvient Jérôme : l'attention silencieuse du docteur, un amour investi dans chaque geste et chaque regard, ce que certains nommeraient douceur. Un mois de cela et les trois se connaissent bien à présent. C'est comme si, leur vie entière, ils avaient tout partagé. Le chat, lui, s'est enfui dès la première nuit au Val. Jérôme avait laissé la fenêtre ouverte et il s'est échappé. Alors qu'ils prenaient, comme tous les jours, le petit-déjeuner dans son restaurant, Silvio a dit qu'il avait sûrement déjà été dévoré par un loup.

De retour aux Verrières, Jérôme achève sa métamorphose.

Un matin, ce n'est plus seul qu'il franchit le portail de l'école du centre-ville. Il est avec Camille, et le monde n'est plus hostile comme avant. Il est guide, désormais. Il conduit Camille dans la cour. Il s'assoit près d'elle dans la salle de classe, à côté des fenêtres donnant sur les marronniers. Il lui présente l'endroit où il passe les récréations : il n'est plus seul sous le buisson qui pique. Il est avec Camille et c'est avec elle qu'il remarque, niché à l'autre coin de la cour, un autre enfant seul. Il s'appelle Tony, il le saura vite. Avec Camille, il a le courage d'aller lui parler. C'est ce que Camille lui a toujours donné, du courage. Tony n'est pas orphelin. Sa mère a fui la violence d'un père dont il ne veut pas parler. Il vit avec elle et ses frères aux Verrières, dans une des tours près de la maison du docteur. Il s'appelle Tony parce que son vrai nom c'est Anthony, mais ils peuvent l'appeler Tonio ou Tortank. Jamais ils ne l'appelleront ainsi. D'abord, Tony est appelé Tony. Puis, un jour, il prendra le nom d'Yvain. Et pour toujours, Tony sera Yvain.

– Vous regardez quoi ?

Jérôme est prudent avec tout ce qui ressemble à un keuf. Il n'a jamais connu la garde à vue, mais il sait que, autour de lui, ceux qui ont passé des nuits entières dans les cellules répugnantes des commissariats sont nombreux.

– Je regarde rien.

– Vous regardez votre pneu.

– Je regardais dans le vide.

Il n'y a pas de vide pour le douanier, il n'y a que du suspect. Il laisse en plan le sac au contenu répandu sur le sol pour examiner le pneu. Jérôme veille à ne regarder vers aucun endroit que l'imagination d'un douanier pourrait transformer en cachette. Il regarde le crépi sale des nuages au-dessus des champs nus. Il songe à Yvain qui, s'il est encore perché dans sa cabane à la Cingle, n'a rien d'autre à faire que regarder ce même ciel. Là-bas, à la Cingle, Yvain regarde le ciel. C'est pratique pour ne pas regarder en bas les keufs menaçants qui trépignent de le voir descendre, les cherry-pickers escortés par des blindés au loin, sur la route d'Arras. Yvain doit regarder le ciel. S'il ne regarde pas le ciel, c'est qu'il n'a vue que sur le plafond aveugle de sa cellule.

Jérôme regarde le bleu du ciel gonfler dans le gris dépecé

des nuages et songe à la vie qu'ils avaient construite ensemble, depuis cette matinée où leurs solitudes s'étaient rencontrées dans la cour de l'école du centre-ville. Aux soirées chez Gloria, la mère d'Yvain, qui les gardait dans son appartement du bâtiment C. Aux trajets sur les rails en ruine en rentrant du collège Courbet. À ce qu'ils se disaient, ces conversations interminables à la source jamais tarie. Aux dimanches après-midi passés à casser les vitres de l'ancienne usine Peugeot avant de se baigner dans les cascades du Doubs, jusqu'à ce que les keufs leur disent de remonter parce que c'était interdit. Puis se sécher dans le parc de la bibliothèque municipale. Ces trois enfants, blottis les uns contre les autres sur le gazon, c'est pour Jérôme l'image parfaite de ce qu'ils furent. Ils s'aimaient comme des chiots. Ils faisaient bande, presque famille. Un jour, la politique était arrivée et avait tout rendu plus beau encore. Peut-être avaient-ils en eux des réserves immenses de colère. Peut-être. Mais la principale source à laquelle ils avaient puisé, c'était Camille.

– Vous pouvez repartir.

Le douanier ne dit rien de plus. Pas un regard, pas une excuse. Jérôme prend un peu de temps pour laisser retomber le rêve, comme la neige tombe sur la neige. La mémoire déposée sur le présent, qui crisse à chaque pas, qui change les formes du monde, il faudrait une très grande pelle pour la déblayer.

– Vous attendez quoi ?

Jérôme ne sait pas ce qu'il attend.

– Circulez maintenant, vous bloquez le passage.

Oui, oui. Il y va. Jérôme s'ébroue de la neige de sa mémoire comme un labrador sorti du Doubs. Il s'assoit près du chiot qui dort, épuisé d'avoir gueulé sans s'arrêter pendant vingt minutes. La Volvo démarre et Jérôme songe à leur première bataille.

C'est en 2015. Ils ont eu dix-huit ans à la fin de l'hiver. Chaque année depuis toujours, le dernier jour de février, ils fêtent leur anniversaire ensemble. Mais cette fois, Camille n'est pas là. C'est lors de cette journée d'anniversaire, passée à fumer dans les bois, qu'ils choisissent de s'appeler Yvain et Geronimo. Yvain, qui veut être chaudronnier, se baptise ainsi parce que c'est un métier du Moyen Âge. Jérôme, lui, a lu sur Wikipédia l'histoire d'un anarchiste qui a assassiné un président, Sante Geronimo Caserio. Et quoiqu'il ne puisse expliquer pourquoi, le nom de cet homme l'a poursuivi des jours durant, au point qu'il désire désormais le revêtir ; peut-être croit-il qu'un jour, ce pseudonyme lui donnera le courage d'un assassin.

Plus tard, Geronimo comprendra que l'absence de Camille avait tout déséquilibré. Jamais ils n'avaient été seuls, l'un face à l'autre, sans elle. Son corps face au corps d'Yvain n'était plus le même. Ils avaient fait l'amour, comme ils le feront plus tard de nombreuses fois sans jamais en faire plus, un peu surpris par leur désir. Ils n'en avaient pas parlé à Camille quand elle était rentrée, occupés par les histoires qu'elle avait à raconter.

Elle avait séché les cours, avec la bénédiction du docteur,

pour aller passer quelques jours en Loire-Atlantique sur le chantier d'un aéroport abandonné depuis des décennies et que le gouvernement socialiste avait décidé de relancer. Elle y était allée pour voir, et est revenue avec une nouvelle couleur dans les yeux, une aura que Geronimo a appelée le regard bagarre. Quand le vert de son iris semble gorger le blanc, Geronimo pense : Camille va se faire arrêter. Alors il fait attention à lui.

La deuxième fois qu'il voit le regard bagarre, c'est en mars de la même année. Ils sont à Francfort pour l'inauguration du nouveau siège de la Banque centrale européenne. La Grèce, éreintée par une politique de réduction des dépenses publiques imposée par le Fonds monétaire international et la Commission européenne, a depuis janvier un gouvernement formé par une coalition de gauche radicale qui veut rompre avec l'austérité. Au même moment, à l'intérieur du nouveau siège de la BCE, on boit du champagne. Camille, Geronimo et Yvain sont venus à Francfort avec des milliers d'autres pour montrer que le rapport de force est en train de changer, que les Grecs ne sont pas seuls.

C'est ici que, pour la première fois, Geronimo mange son gaz lacrymogène.

Yvain et Camille sont près de lui, face aux barbelés entourant le building, face aux keufs allemands qui repoussent une foule qui n'était pas en train de charger. Bientôt, leurs silhouettes disparaissent dans la brume.

Les yeux brûlent. Geronimo frotte et voit flou. Il n'entend que les slogans scandés dans un anglais que, dans la confusion, il ne peut comprendre.

Quelques secondes sans les voir, Yvain et Camille sont perdus.

Alors Geronimo remonte le courant de la foule qui se presse contre les keufs. C'est la tactique, il ne la suit pas. À Camille, il ne dira pas qu'il avait eu peur pour lui, mais pour eux.

Il n'est pas le seul à s'échapper. En marge de la foule, ça déborde. Ça se réfugie où ça peut, entre les tas de gravats amassés au bord du Main, dans les petites rues longeant les pavillons bourgeois du quartier d'Ostend. Ici, les volets sont clos et les jardins déserts. L'air est opaque par endroits, là où le vent porte les nuages de gaz. Au coin d'une rue de briques rouges, il voit une compagnie, qui le voit aussi.

C'est le moment de courir.

Camille racontera ainsi la scène au docteur : On l'a entendu crier d'abord. On a reconnu sa voix, alors on s'est retournés et là on l'a vu. Geronimo, il court vite, tu sais. Il a bondi d'un nuage de gaz lacrymo, on aurait dit un chien de chasse excité. Il gueulait : Achtung achtung Sie kommen ! Alors on a vu derrière lui, je sais pas, vingt keufs qui le coursaient. Après ça, on se les est pris dans la gueule. Bon, et puis la suite, tu la connais.

La suite ? C'est Geronimo qui s'échappe, Jérôme ne sait plus comment. Il continue à courir, si vite qu'il se prend la porte vitrée d'une supérette en voulant se réfugier à l'intérieur. La suite, c'est Yvain et Camille dans un fourgon de police. C'est une jeune femme portant un casque blanc sur la tempe duquel est dessinée, au scotch rouge, une étoile à huit branches. Elle enfonce des cotons dans le nez sanguinolent de Geronimo et au bout de la nuit, devant le commissariat central de Francfort, avec lui, elle attend. Il apprend qu'elle s'appelle Nour. Elle est étudiante en droit et vit dans un squat à Strasbourg. Quand Yvain et Camille sortent du poste, il la leur présente. Ils l'ignorent encore, mais dans quelques mois, rentrant de chez elle au milieu de l'été, il leur dira : Nour est mon amoureuse. Yvain sera un peu jaloux, ça lui passera vite.

Cet été-là est une pause dans une année de bataille.

À l'automne, Camille, Geronimo et Yvain glissent dans une de ces villes universitaires où l'on glisse après le bac. Pour Jérôme, aujourd'hui encore, elle reste la Ville. C'est ainsi qu'il la nomme en pensée. La Ville. Camille et lui commencent leur première année d'architecture : celle de Camille ne dure que deux mois. Yvain, lui, termine son apprentissage.

Un soir de novembre, Geronimo rentre de l'école très tard. Pénétrant dans le studio que Camille et lui partagent et dans lequel Yvain passe la plupart de ses soirées, il apprend qu'un commando a tiré sur des dizaines de personnes aux terrasses de cafés de la rue Alibert, du boulevard Voltaire et dans une salle de concert dont il ne connaît que le nom, le Bataclan.

Il se souvient de l'ambiguïté de son sentiment, les jours qui suivent. Il s'efforce de ressentir de la tristesse et de la compassion pour les morts, et une inquiétude point, qui écrase ça. La crainte du chemin que va suivre la société entière après un tel choc. Camille dit que c'est le début de quelque chose de long et terrible, elle a raison ; deux semaines après, elle le sentira dans sa chair lorsqu'un policier appuiera sur son corps de tout son poids.

C'est le 29 novembre 2015. Sur ce jour, Jérôme a la mémoire claire.

Après les attentats, le gouvernement élabore à grande vitesse tout un arsenal antiterroriste. L'état d'urgence lui permet de dissoudre les associations, d'assigner à résidence préventivement quiconque est soupçonné, souvent sur des critères racistes, de vouloir attenter à la sûreté de l'État : les nouvelles lois visent d'abord les musulmans, que l'État français, hanté par ses démons coloniaux, désigne comme complices des terroristes. Des organisations sont dissoutes. Des centaines d'innocents interpellés préventivement, sur des prétextes imaginaires. Peu en sont scandalisés, sous l'effet du choc. Les outils de l'antiterrorisme entrent très vite dans l'ordinaire de la répression, et bientôt, le champ s'élargit. Les militants écologistes sont touchés. La COP 21 arrive et le pouvoir veut éviter qu'autour de cet événement plane une ambiance de contre-sommet. Un matin, la porte de la maison du docteur est défoncée. Camille est plaquée au sol dans l'entrée du cabinet, sous les yeux des patients, de Geronimo et du docteur. La joue contre le plancher, elle se voit notifier son assignation à résidence : elle a été arrêtée à Francfort, a subi un contrôle d'identité à Notre-Dame-des-Landes et été identifiée dans le Val d'Aoste durant l'été par la police italienne, alors qu'elle se rendait à une manifestation contre la construction d'une ligne à grande vitesse.

Passé les quelques heures de mutisme qui ont suivi son agression, Camille rit de tout ça. Elle qui n'avait jamais fait autre chose que se tenir dans la foule avec les autres, qui n'avait jamais tenu un pavé, se découvre terroriste.

Les deux premières semaines de décembre 2015, le docteur n'est presque plus au cabinet. Chaque jour, il monte dans la Volvo avec Camille, Yvain et Geronimo. Une fois au comico, c'est toujours la même scène. Sur le banc, Yvain et Geronimo s'assoient à côté de Camille. Ils regardent le spectacle : le docteur face au guichet à barreaux, qui aboie au keuf derrière, comme le font les vieux dans les manifs, usant de leur privilège de vieux. Tous les jours, on attend une heure pour que vous daigniez faire pointer ma fille. Puisque je vous dis qu'elle n'a rien fait. Je peux encore choisir qui est ma fille. Je suis son tuteur. Oui, je sais qu'elle est majeure.

À chaque fois, c'est la même chose. Et Camille finit par pointer au bout d'une heure ou deux.

Puis on retourne à la maison où le docteur fulmine dans l'entrée. C'est des cons, Camille. T'inquiète pas, ma fille, c'est des cons. Alors la porte de son cabinet claque, et ils rient tous les trois, avant de se blottir quelque part dans la maison immense.

Durant le temps de son assignation à résidence, Camille ne fait que lire ; Geronimo et Yvain, eux, ne lisent pas. Ils sont là, présents, avec elle. Jérôme se souvient bien du livre. Il se souvient du visage de l'homme sur la couverture, de ses yeux noirs, du titre : *Mémoires d'un révolutionnaire.* Et du nom de l'auteur, Victor Serge. Il ne sait, encore aujourd'hui, rien d'autre que ce que Camille avait dit de lui. C'était un anarchiste belge qui s'était rangé du côté des bolchéviques au moment de la révolution d'Octobre. Geronimo ne l'avait pas lu et pourtant, il avait eu l'idée de prendre à cet homme son nom pour les baptiser, tous les trois.

Ils étaient devenus le groupe Victor Serge.

Le craint et dangereux groupe Victor Serge. Un parrain révolutionnaire pour des jours qui n'avaient, essentiellement, consisté qu'à attendre : retenue pour des délits fictifs, Camille s'était employée à mener un quotidien terrible avec le groupe Victor Serge. Cuisiner pour le docteur des repas végétariens. Regarder le ciel, allongés sur le toit, à la nuit tombante. Fumer le shit de Darty. Faire ensemble de longues siestes. La bataille reprendrait un jour, mais pas aujourd'hui. Après tout, même un effrayant terroriste a besoin de manger et de dormir.

Si Silvio avait eu un fusil, il l'aurait empoigné avant de sortir de son restaurant et d'accueillir l'homme qui gare sa Volvo entre les carcasses rouillées de l'arrière-cour. C'est que personne ne monte jamais ici. Heureusement, il n'a pas de fusil. Il n'a qu'une tête mauvaise, qu'il passe à travers la porte d'entrée.

Reconnaissant Jérôme, Silvio garde la mine méchante. Ça fait des semaines qu'il ne l'a pas vu, mais il ne le salue même pas, il soupire. S'approche en agitant les clés du chalet qu'il louait aux touristes ; depuis l'incendie, plus personne ne vient. Il enjambe une scie circulaire orangée de rouille et pénètre avec Jérôme dans l'obscurité et l'humidité. Le vestibule qui est devenu l'antre de Han. Autrefois, à l'époque où le docteur louait ce chalet, c'était une pièce dédiée à se déchausser. Plus un seul flocon de neige ne tombait depuis longtemps dans le Val, l'hiver. Il n'y avait plus de skis à entreposer et les remontées mécaniques dormaient, rêvant à leur future disparition, pylônes devenus arbres parmi les arbres. Mais la fin de l'été était pluvieuse, encore. En quelques jours, le carrelage était dégueulasse. Aujourd'hui, la paille couvre le carrelage et l'odeur du crottin a remplacé celle des chaussures imbibées de transpiration. Han ferme les yeux, ébloui par la lumière.

Caressant le haut du crâne de l'âne pour le rassurer et l'inviter à sortir, Jérôme ne remarque pas que le chiot est resté dehors. Lorsque Han sort du chalet en baissant sa grosse tête toute grise, il s'enfuit. Silvio lui court après et l'attrape pour le poser, anxieux, tremblant presque, sur le dos de Han.

– Il a peur d'un âne, ton chien. Dire que son ancêtre, c'était un loup.

– Ça pourrait être son nom, Loup, tiens.

– Tu vas bien, mon Jérôme ?

Il hausse les épaules. Silvio comprend. Il ne veut pas raconter. S'il était dans sa tête, il comprendrait que Jérôme veut même oublier.

Loup a sauté à terre, Jérôme le rattrape, le replace sur le dos de Han. Le chiot le regarde avec ces deux onyx fichés au milieu du blanc laiteux de ses yeux.

Han est galvanisé par la présence de Loup sur son dos. Lui qu'il faut si souvent tirer à travers la Piazza, ce parking désert à la lisière duquel vit Silvio, cette fois ne traîne pas. Il faut que Jérôme trottine pour tenir la distance à travers la place, sur la première rampe glissante du Vaisseau. Han connaît le chemin, peut-être le montre-t-il à Loup. Peut-être est-il heureux de rentrer au Désert après tant de temps chez Silvio, comme Jérôme l'est aussi. Han trottine. Il traverse ce cauchemar brutaliste qu'est, à cet endroit, le Val ; jusqu'à la Piazza, le flanc de la montagne est prolongé par un long immeuble qu'ici on appelle le Vaisseau. Ses étages se superposent en terrasses. Abandonné depuis longtemps, il sert à Jérôme de raccourci pour rejoindre le sentier des alpages.

Jérôme suit Han et gravit les rampes. Longe les salons de coiffure, les épiceries, les appartements aux vitres opaques, aux rideaux à motifs jaunes et bruns, dioramas morbides. Ailleurs, les larges baies vitrées auraient été condamnées par des planches, de celles qu'il était arrivé à Jérôme de défoncer pour pénétrer dans les bâtiments qu'elles gardaient. On aurait peut-être même soudé des plaques d'acier. Ici, rien de cela n'est nécessaire. Personne ne vient jamais au Val. Personne n'aurait l'idée de vivre dans les couloirs désolés du Vaisseau. Parfois un chamois en fuite brise une vitre et se blesse gravement. Rim l'achève là, sur la moquette rouge sang d'un réfectoire désaffecté.

Après quelques longues minutes à monter derrière lui, Jérôme est presque rassuré de sentir Han inquiet, soudain ; il s'est arrêté et c'est bien, son cœur prenait trop de place dans sa poitrine à courir après cet âne. Le dernier kilomètre avant le Désert a toujours été une épreuve terrible pour Han. Le chemin est raide et étroit, à flanc de falaise. Jérôme fait comme il fait toujours, colle son front contre le front de l'âne et lui murmure des mots secrets, des encouragements qu'il ne s'adresse plus, depuis longtemps, à lui-même. Loup sous le bras, il tire légèrement la corde. Han le suit, alors, calme et prudent. L'eau ruisselante, glaciale, gauge chaussures et sabots. Il semble à Jérôme, à mesure que le sentier grimpe à travers le maquis, que quelque chose l'envahit, un sentiment qu'il aurait autrefois nommé joie. Un mélange de calme et d'oubli. Arriver chez soi, au Désert.

Han est dans la cabane bricolée où il s'abrite pour la nuit en attendant que Jérôme rénove la petite étable de l'alpage. C'est un simple toit de tôle surmontant une ruine affaissée. Le poêle est allumé, et la yourte lentement se réchauffe. Loup sur le lit s'est endormi. Alors, la joie est passée. Ne restent que les images de la Cingle. Les souvenirs et les blessures ravivées. C'est l'heure de se ruer vers le sommeil.

Jérôme s'assoit dehors contre la ruine, les yeux plongés vers le dessin obscur des crêtes que dessine le soleil couchant. Quand elles sont noires comme ça, les montagnes, elles paraissent moins arides. Il boit vite le vin piquant de Silvio. Sa gorge est un désert et il voudrait, cette nuit, ne rêver de rien, car rien, c'est toujours mieux que les ombres. Il avale un Tramadol dans le flot du vin. Ce soir, comme le soleil, Jérôme se couchera à l'ouest.

Après huit ans au Désert, il a appris à sentir et entendre le lever du soleil. La rosée a une odeur. Les fleurs qui s'ouvrent. Le granit qui s'éveille aux rayons brûlants. À peine le rideau isolant de la yourte tiré, Loup se faufile dans la prairie. Il rejoint Han et le suit tout le jour, pendant que Jérôme traverse le Désert en long et en large, portant les planches entre la réserve et le chantier, avant de se percher sur le toit de l'étable en ruine pour les y clouer. Loup fait avec Han le tour de l'alpage. Il s'arrête avec lui pour regarder dans le vide et croquer une linaigrette qui le fait éternuer. S'engouffre dans les ruines qui sont comme des taupinières jalonnant le Désert. Boit, imitant Han, dans les flaques et disparaît parfois derrière la grosse pierre, là où la prairie devient marécage. Pas de rivière ici, pas de torrent. L'eau descend en rhizome pour venir goutter lentement sur la falaise. Quand c'est l'heure de manger, Jérôme arrête sa tâche. Il pose scie, marteau, et saute dans la bruyère. Bondit par-dessus les ruisseaux qui tissent dans la prairie comme une toile de jute. Loup court vers lui. Il se prend au piège des petits ravins creusés dans la prairie par l'eau ruisselante, trébuche. Jérôme l'attrape et le pose près de lui, contre les poutres de la yourte. Il le regarde plonger son museau dans un petit mont de corned-beef que, hier, Rim lui a apporté.

Chaque matin, c'est comme si dans la nuit Loup avait été remplacé par un autre chien. Jérôme ignorait qu'un chiot grandissait si vite. Jamais il n'en avait eu un si près de lui. L'alpage du Désert n'est pas encore couvert de fleurs que déjà sa tête a une proportion normale par rapport à son corps. Il faudrait l'éduquer, mais Jérôme ne sait même plus comment être devant un autre homme. Comment parler.

Alors un chiot.

Jérôme ne sait qu'être présent. Comme l'était le docteur : présent, silencieux, mais comprenant tout, toujours, captant tout comme une parabole. Il tente d'être avec le chiot ce que le docteur était avec lui. Il est présent chaque jour où Loup effectue les mêmes petits tours dans l'alpage. Une course sans répit, qui semble être le carburant de sa croissance.

Il n'est plus chiot, déjà. Il est chien.

Lorsque Jérôme sort de la yourte, scie sauteuse à la main,

il est là, haletant, couché dans le tapis de sciure. Il montre son ventre que Jérôme caresse. Dès que Jérôme allume la scie, Loup saute vers elle. Terrifié, Jérôme hurle, sa main bat l'air et rencontre le museau de Loup qui, aussitôt, part en geignant.

Jérôme le regarde s'éloigner. S'enfoncer dans les hautes herbes pour rejoindre Han. Après ça, le travail n'est plus le travail ; il n'en a plus le calme. Loup a fait irruption dans sa solitude, il met du désordre, de la tristesse, là où il n'y avait que le simple écoulement des jours.

Jérôme a d'abord entendu le moteur du quad. Il était en train de déplacer les pierres sèches d'une des ruines vers le chantier de l'étable. Un travail de bagnard. Quand la tête chauve a émergé de l'horizon, on aurait dit un champignon d'un autre monde. Le champignon le salue et Jérôme ne répond pas. Le champignon s'avance et Loup grogne ; c'est parce que le champignon a écrasé une gentiane.

Il doit s'attendre à se faire servir un verre, cet homme arrivé au Désert sans qu'on l'y invite. Il fait d'étranges bruits énervants avec sa bouche. Regarde Jérôme en silence. Jérôme, lui, regarde ailleurs, vers le bizarre tas de pierres sur lequel il travaille depuis des jours ; ce n'est pas qu'il l'admire, ce tas, mais il ne sait pas quoi faire d'un étranger chez lui. Il sait qu'il est bon de l'accueillir. Il l'accueille comme si depuis le ciel, s'il y a un ciel où vont les morts, le docteur l'observait. Il n'est plus accoutumé aux humains. La dernière fois qu'il s'y est essayé, il a vu toutes les Camille de la Cingle se faire piétiner. L'étranger, lui, est plus entraîné, il pointe du doigt le tas. Jérôme ne le trouve pas sympathique. Mais peut-être est-ce de n'avoir rien dit pendant des jours, il commence à lui raconter ce qu'il fait ici. Il raconte, il se lève. Marche vers l'endroit que le chauve pointe du doigt.

– Je construis une nouvelle étable.

Et le chauve acquiesce.

– Vous construisez une étable.

– Oui, je construis une étable pour mon âne. Il faut bien que mon âne habite quelque part. Il lui faut bien un abri. Là, il vit dans une espèce de ruine. C'est pas une maison digne, ça.

Le chauve acquiesce de nouveau. Jérôme lui fait signe de le suivre. Le chauve pourrait être n'importe qui, au fond. Comme Rim n'est pas descendue, ça fait vingt jours qu'il est seul, Jérôme. Vingt jours que quand ses yeux se ferment, des ombres s'agitent sous ses paupières, le film lointain de la bataille et des camarades perdus. Pour oublier ça, le chauve fait bien l'affaire. Il lui raconte qu'il est au Désert depuis huit ans. La première année, il a construit une cabane que le vent a détruite, une fois l'automne venu. La deuxième, pareil. Il avait construit la même en bois, une petite cabane sur le modèle de celle d'un terroriste américain, Unabomber, il connaît ?

– Non.

– C'était complètement con. Le vent l'a défoncée aussi.

La troisième année, il a construit la yourte. Elle offre une meilleure prise au vent qui, depuis qu'il n'y a plus de glacier et plus un seul arbre ici, balaie le Désert. Après ça, il a déblayé les ruines. Ça ne fait qu'un an qu'il a adopté Han, il lui faut un endroit où manger, où dormir. Jérôme croit avoir trouvé une technique. Depuis longtemps, il a à cœur de ne rien construire. C'est une exigence d'architecte. Cela revient surtout à ne construire en pierre qu'aux endroits où quelque chose l'a déjà été. Et de le faire uniquement avec les matériaux qui sont là. Au printemps dernier, Han était déjà dans cette ruine à laquelle il n'avait fait qu'ajouter un toit. Ça avait suffi. Mais à l'automne, quand le vent souffle plus sévèrement encore, il lui avait semblé que le mur, parfois, chancelait.

– J'ai un peu peur que si, d'un coup, ça se met à souffler fort, il lui tombe sur la gueule. C'est pas encore arrivé depuis que je suis ici, mais regardez.

Le chauve regarde. Trois des cinq ruines du Désert sont effondrées dans le même sens.

– C'est le sens du vent. Même les maisons en pierre, ici, résistent pas.

Il faut construire une paroi qui ne prendra pas le vent. Utiliser les nombreuses pierres de l'alpage pour construire face aux bourrasques une rampe sur laquelle elles pourront glisser. Un tas de pierres qu'il recouvrira de torchis. Han vivra derrière, à l'abri.

– Vous êtes qui en fait ?

Le chauve hésite, jette à Jérôme un regard dur. Ce n'est pas simplement l'attitude glaciale des gens d'ici, de Silvio ou de Rim. C'est une menace.

– Je venais juste voir.

Et le chauve lui tape sur l'épaule avant de traverser le pré, saluant Silvio qu'il n'avait pas entendu arriver.

Le Désert ne mérite pas son nom. Depuis l'incendie survenu en 2023, un an après l'installation de Jérôme ici, il est l'unique endroit autour du Val qui ne soit pas complètement un désert. Jusque-là, Silvio avait continué d'entretenir cet alpage communal abandonné où, adolescent, il faisait paître les moutons de son père, avant que les changements économiques de la vallée ne fassent de lui un restaurateur, le seul dans le village devenu station de ski. Il n'avait pas entretenu les bâtiments, il n'avait fait qu'empêcher la forêt de marcher sur l'alpage. Quand avait eu lieu l'incendie, le feu n'avait pas brûlé la terre du Désert comme aux alentours. Il ne l'avait pas tuée. Mais sur les deux flancs de la montagne, les aroles avaient laissé place à une terre noire et stérile, lessivée par les maigres pluies qu'aucune racine n'empêche de ruisseler. Aucun arole n'avait jamais repoussé là. Aucun conifère, rien de grand : le Val était devenu un maquis au milieu des Alpes. Jérôme, vivant au Désert, n'échappe pas à ce spectacle désolant de fin du monde. Mais il peut au moins se rassurer en regardant le sol dans lequel s'enfoncent ses pieds nus. Le sol préservé du Désert. Ses couleurs au printemps, vives comme celles d'un vieux polaroïd. C'est que tous ces moutons qui pendant deux siècles ont chié là, lui a dit Silvio, ont mis dans la terre assez d'azote pour que des fleurs y poussent pendant deux siècles encore. À l'image de la Cingle, dernier lieu de vie du scarabée caméléon, le Désert est un sanctuaire. Dans quelques années seulement, peut-être Jérôme en sera-t-il témoin, ces fleurs seront les dernières représentantes de leurs espèces, dans des Alpes désertifiées par le réchauffement climatique.

Silvio quitte le parterre de fleurs et grimpe vers le désastre. Il reste silencieux, tout occupé à son souffle. Il n'est plus très jeune et, Jérôme le sait, il n'aime pas monter seul jusqu'au Vieux-Père, ce glacier dont il tente de conjurer l'extinction. Quand il voit apparaître Silvio au Désert, jamais Jérôme ne pose de question. Il se contente de le suivre jusqu'au glacier. Ça lui semble la moindre des choses, vu la façon dont Silvio et Rim, qui sont les deux derniers habitants du Val depuis l'incendie, l'ont accueilli. Il marche en silence derrière Silvio, tenant sous son bras Loup, fatigué par l'escalade.

Sur la crête Silvio s'assoit, son essoufflement lui fait baisser les yeux. Jérôme s'accroupit près de lui.

– C'était qui ce type, Jérôme ?

– Je sais pas.

Alors Silvio crache par terre.

– Fais attention à toi.

Jérôme se tait. C'est un peu comme dire : Oui, Silvio, tu as raison. Car Silvio connaît le Val. Il connaît la montagne. Il sait qu'il s'y passe des choses dangereuses quand elle est désertée. Son souffle se calme, son regard se fait moins tremblant.

– Ça va pas, toi, mon Jérôme.

Silvio ne connaît que peu de choses de sa vie. Il sait qu'il avait un père, qui est mort. Qu'il est arrivé au Val, il y a huit ans, se sentant abandonné de tous. Qu'après tant d'années de solitude, il est descendu de la montagne pour renouer avec des fantômes. Ce n'est pas beaucoup. Mais Silvio connaît le visage de Jérôme. Il peut le déchiffrer. Là, il comprend que ça ne va pas.

– T'as revu des gens là-bas ?

– Oui.

– Et ça te rend triste.

– Plus que ça.

Silvio esquisse un sourire de compassion. Il ne dit rien de plus parce qu'il est mieux de ne rien dire. Il ne lui demande pas s'il repense au passé, à son père, à Camille, celle que Silvio appelle sa sœur depuis qu'il l'a vue il y a longtemps, l'été où le docteur les avait emmenés au Val. Silvio ne dit rien parce que Jérôme est un ami. Il se remet en marche et Jérôme le suit.

Devant la Sainte-Mère-des-Glaces, Silvio marque une pause. Il fait un signe de croix face à cette statue que, chaque 15 août, on emporte un peu plus loin dans la vallée glaciaire, couronnée de fleurs, aujourd'hui sèches. C'est une tradition perpétuée depuis des siècles, depuis l'époque où le glacier grossissait et menaçait d'engloutir le Val. La statue de bois, déposée au bout de la langue de glace, devait lui ordonner de s'arrêter ; à présent, les anciens habitants, qui ont quitté le Val après l'incendie, espèrent qu'elle le fera grandir. Tous les ans, ils forment une procession pour monter la voir. Le glacier recule. Ils la rapprochent de lui.

Désormais, le Vieux-Père, c'est presque rien. Silvio, pour lui éviter de mourir complètement, l'a recouvert avec des toiles blanches, bien avant que Jérôme s'installe au Val. Cet hiver, elles se sont en partie envolées, découvrant un morceau du Vieux-Père : une pauvre petite flaque de neige de la taille d'un demi-terrain de football, même pas un névé. Silvio regarde Jérôme, à la fois triste et rassuré.

– Au moins, il en reste un peu.

Au loin, quelques pierres chutent soudain de la montagne. Cela arrive fréquemment, Silvio dit que la montagne est à son automne, que c'est pour ça que les pierres tombent comme des feuilles. Il dit aussi qu'après cet automne-là, il n'y aura qu'un hiver sans fin, sans aucun printemps au bout. Le réchauffement provoque la fonte du glacier et du permafrost. La roche est fragile. Et souvent, elle s'effrite. Un jour, peut-être, ce sera toute la montagne qui s'affaissera. Il en est presque sûr.

Silvio fait un nouveau signe de croix. Sans doute moins pour le salut de la montagne que pour le leur. Pour qu'aucune pierre ne leur tombe sur le coin de la gueule. Puis après un soupir il repart, le pas lourd, manquant de trébucher à chaque fois que son pied se pose sur le sol qui s'éboule, comme tout ici s'éboule. Lorsque Jérôme a débarqué au Val, Silvio ne croyait déjà plus que le réchauffement climatique était un complot. Il ne pensait plus, comme les gens du Val, qu'un jour, le glacier redescendrait, que c'était un cycle : il rétrécit puis il gonfle, on craint de le perdre puis une génération plus tard, on craint qu'il ne nous engloutisse. Ce n'étaient pas les prières à la Sainte-Mère qui l'avaient empêché de dévorer le Val, mais le charbon brûlé dans les usines en bas, c'est-à-dire dans le monde entier, de Détroit à Saint-Pétersbourg. Les souhaits des ancêtres avaient été exaucés, le dioxyde de carbone dans l'atmosphère avait fait, en un siècle, reculer le glacier jusqu'à le rendre si pitoyable que, un matin, Silvio avait cessé de se raconter des histoires : il allait mourir. Au bar, le soir, servant bûcherons et estivants, il répétait que le Val était foutu si on n'arrêtait pas cette folie, qu'il n'appelait pourtant pas de son nom : le capitalisme. Il avait donc décidé d'agir seul. De couvrir le glacier de grandes toiles. De cacher la misère, comme il dit. Et peut-être aussi cette tristesse que Jérôme lit sur son visage à chaque fois qu'ils redescendent du Vieux-Père, que Silvio se rend à l'évidence : s'il avait espéré une embellie, si cette espérance lui avait donné du souffle dans l'ascension, il n'y a sous les toiles que l'odeur humide de la terre morte.

Silvio est triste. Son visage et son pas sont tristes.

Redescendu au Désert, Jérôme le serre dans ses bras. Depuis longtemps maintenant, Silvio est ce qu'il possède de plus proche d'une famille. Une famille foutue de fin du monde, mais une famille quand même. Il le regarde descendre prudemment sur le chemin à flanc de falaise, vers le Val, son propre cimetière dont il est désormais le gardien.

Le soleil se couche. Jérôme soupire et s'allonge près de Han, dans la paille chaude de sa présence.

Il y a quelque chose qui vole dans l'air comme des mouches de regret. Qui fait des essaims quand vient le soir. Qui prend la forme d'Yvain, de Camille, de Nour et du docteur.

Quand il a bien gobé ces mouches de regret, crapaud solitaire, il part chercher du trèfle pour Han et s'arrête, se cache derrière un bosquet de bruyère. Loup est là qui remue la luzerne. Il dépose au pied de l'âne quelque chose qu'il tient dans sa gueule baveuse. Han scrute ça, et attend que Loup soit parti pour plonger sa tête dans le bouquet de trèfle que Jérôme vient de lui apporter.

– Du calme, vieux.

Là où reposent les sabots de Han, parfaitement alignés, il y a une dizaine de cailloux. Des présents du chien à l'âne. Comme Jérôme, Loup construit. Il aligne des pierres. Il offre ses cadeaux à Han.

Ça lui donne envie de pleurer, Jérôme ignore pourquoi. Mais ce soir, il n'a plus rien pour faire venir la torpeur. Le vin de Silvio est épuisé. La plaquette de Tramadol consommée. Pour s'occuper l'esprit, il saisit pour la première fois depuis son retour de la Cingle l'exemplaire de *L'Odyssée*. Un papier plié tombe du repli de la couverture, il l'y replace aussitôt. Et sur la page de garde jaunie, il reconnaît sa propre écriture. Crayon de papier presque effacé. Ce ne sont plus des mouches, mais des frelons, ces regrets. Il en sent le dard au fond de son œsophage. Il se souvient.

La chose la plus raisonnable à faire, c'est de ne pas rentrer.

Geronimo est sur un strapontin d'un amphithéâtre de la fac de la Ville lorsqu'il écrit cela sur une page de *L'Odyssée*. Il est assis et fatigué d'attendre. Il commence à écouter ce que dit la professeure. Ce n'est pas que ça l'intéresse, mais il prend des notes.

Œdipe : pas d'emmerdes s'il n'était pas rentré à Thèbes.

Pas de doute que ce cours portait sur *L'Odyssée*. Peut-être n'était-il qu'une partie d'un cycle sur la littérature grecque antique. Peut-être. Il ne s'en souvient plus vraiment : c'était une simple option, qui l'amenait une fois par semaine à la fac. À chaque séance, il retrouvait Yvain et Camille qui, eux, n'étaient là qu'en curieux.

Mais Yvain et Camille, ce matin, ne sont pas là.

Geronimo est assis. Geronimo écoute. Geronimo prend des notes.

Nostos/nostoi : récits du retour.

Le cours, ça, il s'en souvient, n'était validé que par sa présence. C'était une respiration dans sa formation d'architecture qui se résumait à une suite de projets harassants aliénant tout désir dans l'impératif de production. Geronimo le comprenait bien, c'était à l'image de la vie qui l'attendait. Il sentait une épaisse couche de terre, lourde comme la dalle des Verrières, peser sur ses idées, les tasser.

Le palais est devenu cabane.

Ces notes au crayon de papier, c'est ce que devait dire la professeure. S'il l'a noté, c'est que cela comptait. Il ne se souvient plus très bien du cours, mais l'état dans lequel il était à ce moment-là, il s'en souvient. Il commençait à élaborer le vœu un peu grotesque d'être un architecte qui ne construirait rien. Quelques jours auparavant, il s'était rendu dans un quartier nouveau de la Ville, construit autour du récent musée ethnographique. Il avait ressenti là un malaise puissant. Il avait eu l'impression, devant les immeubles neufs de styles si différents, d'avoir face à lui une foule d'architectes criant : Regardez-moi, par pitié, regardez-moi.

Il avait alors désiré faire autre chose de son savoir, de son désir d'architecte. Ne pas l'employer à bétonner, à ajouter du dur au dur. Peut-être était-ce une erreur d'envisager ça, peut-être était-ce un plan de carrière, il l'ignorait. Mais il ne s'en ouvrait à personne, tant cette idée lui semblait absurde. Ne rien bâtir.

La professeure parle.

Elle parle du fait qu'Ulysse n'est jamais revenu, car pour revenir, il aurait fallu qu'Ithaque soit encore Ithaque et qu'Ulysse soit encore Ulysse, que sa peau ne se soit pas tannée, une décennie durant, sous les remparts de Troie – le reste, Geronimo ne s'en souvient plus, des histoires de porcs de sirènes, un héros reconnu uniquement par son chien à son retour.

Pour rentrer, il faut que rien ne bouge : on ne peut pas vouloir que tout soit pareil.

C'est tout ce que peut recomposer sa mémoire de cancre. Elle le porte ensuite directement à la fin du cours où, à peine sorti de l'amphithéâtre, une main l'attrape.

– Viens par là, poto.

Par là, dans le bloc administratif. Par là, dans l'attroupement qui a l'électricité dense d'une émeute, dans un couloir couvert d'une moquette grise et neuve.

Ménélas croit rentrer avec Hélène, mais ramène un fantôme.

C'est la main gazeuse d'un spectre qui l'attire là, dans le smog du souvenir. La Ville, mars 2016, la France qui se lève en maint endroit contre une nouvelle réforme néolibérale du droit du travail.

C'est la main de Camille, pas fantôme encore.

L'instant d'après, Geronimo est au milieu des autres dans la salle de réunion jouxtant le bureau du doyen, où se tient une assemblée générale.

Les images de cette journée défilent dans l'esprit de Jérôme comme les instantanés d'un diaporama. Rapidement, sans légende ni contexte. Camille est partout. Camille, qui explique la situation, parle de tactique. Qui donne la parole à un agent d'entretien pas encore payé, à une doctorante recourant à l'aide alimentaire.

Puis ils sont ensemble sur la terrasse du doyen, une grande terrasse qui domine la ville.

Là, ils contemplent le campus désert. Ils observent les

ombres des baqueux qui passent, furtivement, sous les lumières bleues antitoxicos.

Anostimos : qui ne peut revenir.

Geronimo avait d'autres plans pour cette soirée. Ce soir, quelqu'un doit le retrouver dans le studio qu'il partage avec Camille. Pour la première fois depuis des mois, il va revoir Nour. Elle est à cette heure dans le train. Camille le sait, évidemment. La veille, ils en ont parlé. Elle lui a assuré que le studio serait pour eux, que ni elle ni Yvain ne seraient là. Peut-être savait-elle qu'elle serait ici toute la nuit, et plus longtemps encore.

– Je savais pas, non, je me suis laissé attraper par des gens.

– Comme tu m'as attrapé ?

– Presque.

Dans le silence de la nuit du campus, c'est comme si Camille avait lu dans les pensées de Geronimo.

– Tu peux repartir si tu veux. Fais juste attention aux caméras.

Il cherchait, depuis son arrivée, une excuse. S'inventer une maladie peut-être, un médicament à prendre. Il lui a fallu, finalement, une autorisation de Camille.

– Comment tu fais, Camille, pour te laisser attraper comme ça ? Comment tu fais pour, tu vois, être dans le mouvement, toujours être là où il faut, faire ce qu'il faut.

En enlevant son manteau et son T-shirt, c'est ce qu'il dit, à peu près. Camille fait une moue à la fois humble et flattée, pendant que Geronimo enroule autour de son visage son T-shirt. Bien sûr qu'elle n'est pas toujours là où il faut.

Elle est là où Geronimo souhaiterait être et où il ne parvient jamais à rester. Dans la bagarre. Lorsqu'il replace le col du T-shirt autour de ses yeux afin de voir correctement, elle lui semble mélancolique, caressant du bout de ses ongles noirs la rambarde de la terrasse.

– Je crois que le plus dur c'est pas de partir de chez soi, c'est de pas rentrer trop tôt, Geronimo. Je sais pas encore comment faire pour pas rentrer trop tôt.

Jérôme se souvient qu'alors, il prend Camille dans ses bras, espérant la revoir vite. Puis il ferme son manteau sur son torse nu et traverse couloirs et cage d'escalier, anonyme au regard des caméras. Sur le campus, il tente d'être invisible. Ne se retourne que vite, très vite, lorsqu'il entend le bruit d'un Caddie ; il entrevoit Yvain qui pousse les vivres de la collecte, suivi de loin par les baqueux, comme des chiens errants. C'est sur le quai du tram qu'il enlève sa cagoule improvisée ; une petite vieille s'écarte. Et plus tard, la sensation des lèvres de Nour contre les siennes efface l'irritation du polyester mouillé par son souffle. Nour lui dit : Tes lèvres sont roses, on dirait que t'as mis du gloss. Le lendemain, Camille n'est plus en ville. Yvain ignore où elle est.

Parcourant de nouveau les couloirs obscurs de sa mémoire, il semble à Jérôme que sa perception du passé se corrige, s'affine. Ressassant son regret d'avoir été abandonné par Camille, tentant d'oublier ce que fut la vie avec elle, il avait fini par rendre les événements plus simples qu'ils ne l'avaient vraiment été. Il avait dit cela à Silvio et Rim : Un jour, ma sœur adoptive, qui était l'amie de ma vie, a disparu.

Camille avait bien disparu, elle s'était effacée de ce que la plupart des gens nomment la vie. Mais peu à peu.

Après cette nuit-là, c'est la première fois qu'elle s'évapore. Mais elle répond immédiatement à leurs messages et ils sont rassurés : Camille est à Paris. Camille est place de la République. Elle l'occupe chaque nuit. Elle dit qu'on parle trop à Nuit debout. Elle squatte à Malakoff. Quand elle est sur la place, souvent, elle ne reste pas longtemps. Elle part en sauvage. Avec d'autres, aux yeux comme les siens protégés par de minces lunettes de piscine. Comme des grenouilles coassant au crépuscule, ils envahissent la chaussée, prennent l'apéro sous la fenêtre du Premier ministre. Parfois, elle voit l'aurore en garde à vue. Chaque jour, un récit sur une application protégée, aussitôt effacé. Comme des éclats de Camille qui leur parviennent.

En juin, Yvain et Geronimo partent la retrouver. Place d'Italie, elle n'est pas au rendez-vous.

Ils remontent le cortège syndical jusqu'à la tête, là où ils savent que sont leurs semblables. Geronimo perd la trace d'Yvain à Port-Royal. À Vavin, il voit les feux d'artifice s'écraser contre les boucliers comme des gouttes fluorescentes. À Raspail, il ramasse le goudron que d'autres martèlent pour le donner à d'autres qui, eux, savent le lancer très haut, très fort. En attendant la charge devant l'hôpital Necker, il joue au foot.

C'est là que Camille apparaît.

Sans masque, sans lunettes, les cheveux lâchés, dans la mêlée autour de trois keufs interpellant une jeune fille au sol.

Libérez nos camarades. Geronimo traverse la rue, bouscule ceux qui se jettent dans le boulevard des Invalides. Libérez nos camarades. Vient la charge. Elle disperse la foule et Camille s'évapore.

Devant lui, un homme qui aurait pu être son grand-père est figé, tremblant sur le trottoir. Il observe le vide se creuser entre le cortège et la ligne de keufs. Geronimo lui offre son bras et suit avec lui la foule qui s'engouffre dans ce qu'il ignore être un cul-de-sac perpendiculaire à l'avenue ; le calme bourgeois de l'endroit semble être une protection.

Les keufs n'hésitent pourtant pas à les enfumer.

Comme des renards traqués, ils lèvent la tête vers le premier palet de lacrymo. Lorsque l'avenue Constant-Coquelin fait rebondir en écho le fracas de la première grenade, avant même que ne s'élèvent contre le mur végétal bouchant l'impasse les premières fumerolles, avant qu'on tousse, des riverains ouvrent les fenêtres du rez-de-chaussée et le hall de l'immeuble. Ils invitent les manifestants à s'y réfugier. Ils sont des dizaines, répartis dans le hall, les escaliers et les appartements. Geronimo dépose le vieux monsieur dans le confort presque diplomatique d'un salon cossu. Je ne suis pas d'accord avec vous, dit la propriétaire aux airs de Bernadette Chirac, mais vraiment, ce qu'on vous a fait là me scandalise au plus haut point. On ne traite pas les gens comme ça. Son hospitalité ne mérite pas d'ironie, alors Geronimo se contente d'acquiescer en silence. En silence, il attend que dehors, le brouillard, dans lequel il distingue à peine les affrontements, s'estompe. Un homme sort de la salle de bains, les yeux rougis par les gaz. C'est Yvain. Il n'avait pas remarqué qu'il s'était, lui aussi, réfugié là : il a vu Camille plus longtemps que lui, dit-il à Geronimo. Il a couru derrière elle. Et puis est venue la brume. Il a perdu Camille dans la brume.

Plus tard dans la soirée, c'est encore par hasard qu'ils la retrouvent ; sur la place de la République, une Autolib' flambe. Dans la lumière orangée de l'incendie brille Camille. Ils fuient ensemble et, au sortir de la nuit profonde d'un tunnel désaffecté, ils pénètrent dans l'endroit où, depuis un mois, Camille vit. C'est la première fois que Geronimo entre dans une telle maison. Elle est immense comme la vie qu'il voudrait avoir. C'est une maison collée contre l'histoire, ouverte à tout le monde, un quartier général au milieu d'une bataille sociale. Durant les jours qui suivent, à Malakoff, Camille ne fait que s'éclipser et réapparaître. Geronimo, lui, reste, magnétisé par la vie de la maison.

Quand ils s'en vont au début de juillet, Camille est triste. La loi est passée et le mouvement s'affaisse. Geronimo, lui, rêve : ils auraient un jour une maison à eux. Un jardin où on dormirait, les nuits d'été, près d'un four en torchis. Où l'on se réveillerait à l'heure où la rosée perle dans l'entrelacs des ronces. On planterait dans ce jardin ce qui veut bien pousser, et au milieu, quelques troncs et une plaque de tôle ondulée feraient une cabane. Tout, là-bas, ferait cabane. Il y aurait une chambre pour chacun, et une pour qui serait de passage. Une cuisine où pendraient d'antiques casseroles. Un salon où flotterait sans cesse l'odeur de la soirée d'avant, le shit et quelque chose comme la senteur d'une mèche nouée de cheveux, épices et sueur. Un grenier parfaitement vide pour élever la poussière. Une cave pour danser dans les éclats de l'électricité dérobée. Un tapis persan sur le plat du toit.

Ils auraient un jour une maison à eux où ils inventeraient quelque chose comme le germe d'un quotidien communiste. Une maison pour le groupe Victor Serge et les autres, les camarades de passage, les camarades en fuite, ceux qui ont besoin de repos après la bataille, les gens de la rue.

Une maison qui s'étendrait, latte par latte, pierre par pierre et pièce par pièce. Une maison qui se répandrait comme une lumière autour, dans la Ville, et ce serait ça, la politique.

Cette maison, avant de l'avoir, il faut la trouver.

Pour la première fois, l'école est utile à Geronimo. Lorsqu'il apprend que les parents d'un collègue veulent en rénover une sur une petite île au milieu du fleuve, Geronimo offre ses services. Le lendemain, le propriétaire l'accueille, cordial. Le portail grince. Geronimo pénètre dans le jardin envahi de chardons bleus qui sont comme des feux d'artifice sur les lambris de bois rouge couvrant la façade de la maison. C'est de ces lambris qu'il faut s'occuper. L'intérieur est dégueulasse, ils n'en auront pas les clés, pas besoin de ça. Il s'agit de repeindre la maison pour lui donner l'air d'être habitée.

– C'est pour ne pas attirer l'attention des squatteurs.

La rendre invisible, c'est-à-dire visible, la repeindre. Leur donner le temps de trouver quoi faire de cet héritage. Il a peur des squatteurs, cet homme :

– On entend tellement d'histoires, vous savez. Un copain

a eu sa maison de famille squattée sur Grenoble. C'était un enfer.

Geronimo acquiesce. Oui, c'est horrible. Un véritable enfer.

Et une semaine plus tard, alors que l'heure dorée s'éteint sur le fleuve, Yvain, Camille et Geronimo crochètent la porte de la maison rouge. En changent la serrure.

La porte est close sur l'obscurité et la poussière. Ils inscrivent, sur la boîte aux lettres, Victor Serge et Serge Victor.

Il leur faut attendre quelques jours. Le temps de ne plus être expulsables. Jusque-là, ils ne doivent pas sortir. Il ne reste plus qu'à se débarrasser de la poussière. Jeter de l'eau sur la poussière et la voir noircir et friser. Faire rouler l'eau grise. Tout bien déblayer pour, après ça, habiter à la place de la poussière. Sous la poussière apparaissent des vestiges excavés, des artefacts qu'ils classent, en archéologues : des meubles, des photographies en noir et blanc encadrées, montrant un couple allongé dans l'herbe d'un jardin pas encore envahi de chardons, au fond duquel des lambris, qu'ils devinent rouges, font horizon. Ils étaient jeunes et, un jour, ils ne l'ont plus été. Contre le lit aux draps défaits, une canne est posée. La personne à laquelle elle appartenait l'a laissée là le jour où elle a quitté la maison rouge. Peut-être pour mourir.

De ces vies, les indices sont ténus. Peu de papiers subsistent, sans doute emportés par les héritiers. Pourtant, pour Geronimo, Camille et Yvain, ils existent bien. Ils leur donnent même des noms : Odette et Jean.

Jamais ils n'auront la sensation de leurs corps près d'eux, jamais ils ne connaîtront leurs pensées, mais ils projettent leurs images dans le vide chargé de poussière. Ils boivent le café préparé sur le réchaud de camping dans des tasses qu'ils n'ont pas lavées pour poser leurs lèvres là où, s'imaginent-ils, Odette et Jean ont posé les leurs. Ils bâtissent leur vie dans leur sillage, leur ombre fantasmée. Leurs fantômes habitent l'obscurité autour d'eux, ce premier soir où, sans électricité, Camille, Yvain et Geronimo revêtent les robes colorées d'Odette. La lumière des bougies fait de la table une lune rousse éclairant la nuit. Ils se penchent sur la lueur, moustiques hypnotisés par leur propre lumière.

Au bout de cette soirée, il est temps de remettre l'électricité. Le pylône est de l'autre côté de la rue. Ils ont attendu que le soleil se couche : Geronimo, alors, toujours vêtu de la robe à fleurs d'Odette, grimpe au sommet. Les pieds posés sur le réverbère, le harnais fixé à l'anneau de sécurité, il attrape le crochet tendu par Yvain et Camille.

Ils bâtissent dans cette rue une sorte d'arc de triomphe.

Partout ailleurs, dans le paysage urbain de Tokyo ou de Québec, cette fine ligne noire traversant la hauteur de la rue aurait été invisible aux riverains ; pas ici, où tous les câbles sont enterrés.

Le crochet crache une gerbe d'étincelle qui s'écrase et s'éteint sur le goudron. Toute la maison rouge s'illumine alors. Signe qu'Odette et Jean sont partis brusquement, toutes lumières allumées. Camille, Yvain et Geronimo commencent leur vie ensemble là où Odette et Jean l'ont laissée, cinquante ou soixante ans plus tôt.

Ils ont une maison à eux, désormais.

Des lambris rouges écaillés qui ne disent pas aux voisins sévères toute la joie qui grandit à l'intérieur. Camille, Yvain et Geronimo forment un organisme nouveau qui réalise la symbiose du quotidien et de la politique. Ils ont une maison à eux, une cave où stocker les collectes de nourriture pour des agents d'entretien grévistes, une salle de bains où l'on peut se laver les yeux des lacrymos, où la table de cuisine est couverte d'encre à sérigraphie pour les affiches, où les affaires d'Odette et Jean exposées au fond du salon sont comme l'affirmation fantomatique d'une idée : pour renverser l'ordre inique des choses, il faut peupler toutes les maisons vides, il faut trouver dans le monde toutes les maisons rouges et devenir amis avec tous les fantômes de toutes les Odette du monde, rallumer la lumière de tous les ateliers éteints de tous les Jean du monde pour y pratiquer une espèce de magie particulière qui consiste à retrouver une relation aux lieux et aux objets perdue depuis des siècles.

L'atelier de Jean est devenu l'obsession de Geronimo.

La maison est comme un géant de bois rouge assis sur un lit de chardons secs : l'atelier est ses jambes allongées. Jean a dû y travailler jusqu'à son dernier souffle. Tout est en place. Une chaise posée sur l'établi, pourvue de trois pieds seulement. Le dernier pied encore sur le tour. Une feuille jaunie présentant ses mesures à côté de la scie à onglet. Yvain le guide dans ce pays d'outils qui sont inconnus à Geronimo. Ils sont vieux, obsolètes, mais tout y est. Yvain compte les outils, il dit leurs noms, tous leurs noms. Pour lui, il y a presque de quoi faire là une petite usine. Il y a l'affleureuse. Il y a la combinée. Il y a la défonçeuse. Il y a le large panneau de métal noirci auquel pendent les innombrables petits outils rouillés ou sablés de poussière. Les mètres et les niveaux. Les ciseaux à bois et les scies égoïnes. La scie à guichet et la chignole. Les marteaux et les tenailles. Les limes et les râpes. Et les clous. Et les vis. Dans toutes ces minuscules boîtes empilées qui font au sol comme les minuscules gratte-ciel d'une minuscule ville.

Geronimo, lentement, apprend les mots et les gestes qui vont avec. Scier. Raboter. Toupiller. Dégauchir. Mortaiser. Réaliser des rainures. Des trous. Des assemblages. Tous les différents types de coupe. Il inscrit les gestes dans ses bras, les formes sur sa rétine, les textures au bout de ses doigts. Il plante dans ses empreintes digitales assez d'échardes pour grimper aux murs. Il apprend tout cela d'Yvain d'abord, puis de lui seul.

Peu à peu la nouvelle se répand qu'à la maison rouge, il y a de quoi construire et bientôt, les camarades de toute l'aire urbaine déchargent de leur coffre des palettes : ils repartent avec une table, un lit, un établi. Yvain avait raison, il y avait de quoi faire une petite usine. Une usine idéale, une usine d'avant le temps des usines.

Entre-temps, deux mois de stage dans un bureau d'études chargé de construire des pavillons ont poussé Geronimo dans une terrible mélancolie. La joie des jours à la maison rouge ne parvient plus à lui faire passer ça : l'idée que toute sa vie, il ne serait que bon à être un tâcheron dans une agence, une fourmi œuvrant à la bétonisation du monde. À construire partout les mêmes termitières que personne ne souhaite habiter, mais dans lesquelles tout le monde se résigne à mourir. Autour de lui, ses camarades s'enthousiasment de ce qu'ils nomment des révolutions de l'habitat. Geronimo, lui, ne voit que l'infinie répétition du même. Entre un écoquartier en périphérie de Besançon sur les ruines d'anciens jardins ouvriers et une ville nouvelle pour millionnaires commandée par un autocrate mégalomane au bord de la mer Rouge, il ne voit que peu de différence. Ce n'est pas la même échelle bien sûr, mais c'est fait de la même matière morte.

Il manque de mots pour l'expliquer à Camille.

Il n'arrive pas à élaborer théoriquement, mais Camille le comprend – au moins respecte-t-elle sa tristesse. Car Camille est ainsi, elle est capable de manier les idées comme personne, tout en écoutant ceux qui ont du mal à faire ça, avec plus de respect qu'elle n'en a jamais eu en écoutant ses professeurs. Plus encore, elle les défend avec une hargne incroyable. Un soir, Geronimo n'avait pas réussi à éviter un débat avec un normalien radical et insistant. Camille était accourue de la cuisine pour le sauver, l'éternelle cigarette de tabac brun au coin de la bouche. Elle avait pris la parole et c'était comme du kung-fu dialectique. Les souvenirs sont aujourd'hui trop embrumés pour retranscrire exactement la façon dont les mots et les idées s'emboîtaient, mais ce qui est certain c'est qu'à la fin, le normalien était moins fier.

– De toute façon, on sait jamais si vous êtes marxistes, vous.

Il avait lâché ça, vexé. Puis il était parti faire crisser ses

Stan Smith sur le carrelage sang-de-bœuf. Alors Camille avait dit à Geronimo : C'est la cocaïne qui leur fait ça, ils croient être à la hauteur.

À cette époque, Geronimo est en première année de master. Tous les jours et, souvent, les nuits, il est à l'école. Il fait charrette. Il meurt sa vie. Quand il rentre à la maison rouge, il n'arrive plus à comprendre ce qui encore, dans les vies de Camille et d'Yvain, fait élan, comment ils les peuplent. Yvain lui dit, un soir où il l'embrasse : Tu m'embrasses de tristesse, Geronimo, et ça me rend triste. Après ce baiser, ils ne se touchent plus. Une autre nuit, rentré très tard de l'école, il s'étend sur le parquet du salon. Yvain le scrute, fumant un joint, et Camille, elle, lit, comme toujours. Elle ôte le joint de la bouche d'Yvain, cendre au sol, tire une taffe et replace le joint dans le sourire clos où elle l'a pris. Elle dit : Tu es triste, Geronimo. Peut-être qu'il te faut choisir.

Il ne choisit pas.

Une nouvelle fois, il fait le pari de la chance, il se faufile dans sa tristesse comme au travers d'un cordon de keufs.

Car l'atelier de Jean est là. Avec ses machines à construire des possibles en dur.

Un matin, ils reçoivent la visite d'une dizaine de camarades, en chemin vers un village de l'Ain où doit être bâti un entrepôt Amazon. Ils les suivent. Observant la plaine depuis une hauteur, Camille est comme un officier romantique, contemplant le champ de bataille encore vierge de sang, de cratères et de cadavres. Ils se demandent comment bâtir un lieu où puissent se rassembler les gens du coin, ceux à qui le député et le président de la communauté de communes ont assuré que la venue d'Amazon est une opportunité d'emplois. Il leur faut un lieu qui puisse être monté en une nuit, qui paraisse assez dur et solide pour dissuader toute tentative de le détruire trop vite. Camille leur lance : Geronimo peut faire ça. Et tout le monde se tourne vers lui.

Les jours suivants, les palettes font des mikados dans la cour d'une ferme prêtée par un paysan allié et servant de QG à l'opération encore secrète. Dans la grange, les marteaux martèlent et les scies scient selon un plan que Geronimo expérimente pour la première fois et qu'il déclinera de nombreuses fois jusqu'à la Cingle, des années plus tard : le processus est simple, et la science particulière des camarades pour imiter et mettre en branle, instinctivement, des gestes collectifs est en son centre. Soulever les planches des palettes. Fabriquer des carrés de bois qui formeront les éléments modulables des cabanes, planchers, barricades. À la lumière des phares blancs des voitures, ils construisent, et à l'aube, le soleil se lève sur une agora de bois, une île dans la boue du champ piétiné. À sa surface se tiennent droits un bâtiment rectangulaire mimant presque l'architecture des entrepôts combattus et quelques igloos de pin. Jérôme revoit, tout autour de cette île, dans le champ nu, les keufs qui s'embourbent et tombent, sous les rires des pirates. Jérôme s'en souvient, oui, de sa joie ce matin-là.

Comme il se souvient du film fait par Yvain de ce chantier d'une nuit. Comme il se souvient de l'avoir monté pour en faire l'objet de son projet de fin d'études. Comme il se souvient de l'air circonspect du jury. Qu'après cinq ans de nuit, cette tentative d'allumer une pauvre petite lampe torche a été moquée : Ça ne mérite pas un diplôme ça.

Tant mieux, avait-il dit à Camille et à Yvain, fermant sa session dans un cybercafé du quartier de la gare.

– J'abandonne. J'ai plus envie de faire l'architecte.

Les aboiements ont peuplé ses rêves avant de le ramener à la matérialité bruyante de la nuit : sur la bâche ça tambourine.

Dehors, des essaims de gouttes sifflent dans l'air. Le vrombissement grave que produit l'entrée du vent dans la trouée creusée par ce que fut le glacier remplit l'obscurité de la montagne.

Ce n'est pas la première tempête que Jérôme vit depuis qu'il est au Désert, mais les autres fois il était seul. Et seul, il pouvait se contenter de s'habiller, de disposer près de lui sac et lanterne, d'éteindre les dernières braises dans le poêle avec de l'eau. D'attendre, couché dans le noir et le grondement de la tempête, qu'au-dehors vienne l'accalmie, ou que la yourte soit brisée et sur lui s'effondre. Cette nuit, il est inquiet que Han ne survive pas sous son abri de fortune, que Loup ne parvienne pas à se rendormir, ajoutant au vent ses gémissements terrifiés. Il finit par s'épuiser en même temps que la tempête. Le déluge s'est tari en fine brume et du toit de la yourte glissent des gouttes d'or.

Cela fait longtemps déjà que le Désert rejette ceux qui veulent s'y installer. Sur toute la montagne, c'est ainsi. Jérôme saisit son sac à dos, ouvre le rideau de la yourte et

Loup plonge dans les herbes couchées, l'obscurité humide d'algues ramenées sur la plage. Il remue l'eau emprisonnée, s'enfonce dans cette sorte de chevelure marécageuse qui recouvre le Désert. Jérôme ne le distingue plus que comme un nuage de gouttelettes filant sur le tapis d'herbe, vers ce qui n'est plus depuis cette nuit l'étable, vers ce tas de bois effondré où n'est plus Han.

Loup l'a vu, Loup l'a remarqué.

Il pousse dans le vent des cris qui déchirent. Il fend la rosée jusqu'au précipice, au bord duquel il s'arrête. Il se retourne dans la direction de Jérôme, inquiet.

Han est deux mètres plus bas.

Dans le chemin pierreux, Jérôme court comme il peut. Il s'agenouille près de Han.

Il respire. Jérôme sent contre sa tempe son haleine.

Lorsqu'il revient de la yourte et qu'il déclenche la fusée de détresse que lui a confiée Rim, Han lève, avec peine, ses grands yeux cerclés de longs cils. Sa face gris perle rougit à la lueur de la fusée qui s'enfonce et disparaît dans les cumulus chargeant le ciel fusain.

La première fois que Jérôme avait fui, c'était à Francfort. Camille lui avait dit : J'ai regardé à côté de moi et tu n'étais plus là. C'était la chance de Geronimo, celle qui l'avait fait passer comme un poisson minuscule entre les mailles de la nasse un jour où les keufs entouraient la place Bellecour à Lyon et attrapaient ceux qui ne pouvaient plus se retenir et pissaient sur la statue équestre. Qui lui avait permis de passer pour un touriste, avec son air perdu, pendant le G7 de Biarritz. Qui lui avait évité l'arrestation sur les Champs-Élysées, le jour où le Fouquet's avait brûlé. Puis il y avait eu cette longue éclipse qui ne s'est terminée qu'à la Cingle : la fuite de toutes les fuites qui l'a conduit au Désert. À la Cingle, il avait pensé racheter toutes les fuites, et pourtant il avait fini dans le kayak d'Aline, à s'échapper, comme toujours.

Jérôme s'allonge contre le corps endolori de Han.

Il fait à son oreille le serment silencieux de rester, cette fois. Il le lui répète. Tout ira bien. Quand Rim enfin le hisse avec un treuil à l'arrière de son pick-up. Tout ira bien. Quand Han hurle pendant que Rim nettoie à grande eau l'écorchure souillée de terre. Tout ira bien. Quand les roues arrière crachotent le gravier, et que tremble son corps brisé. Tout ira bien. Et quand le vent se lève à nouveau, charriant des tourbillons de poussière, Jérôme protège les yeux de Han. Loup pose sur son museau son museau. Han est protégé du vent. Han est protégé de la poussière. Tout ira bien.

Rim est dans sa cuisine. La visière de la casquette Peugeot qui a fusionné avec ses cheveux cache ses yeux. Son visage, ce n'est que sa bouche close sur le mégot.

– Le vétérinaire vient la semaine prochaine au Val. Tu peux attendre ici si tu veux.

Jérôme ne répond pas. Il songe à la fragilité de la yourte, au sentiment confus qui le saisit chaque année au printemps. C'est vrai que le jour où il avait décidé de vivre là-haut, il ne pensait pas que cela serait si dur. En mangeant le ragoût face à Rim qui fume, silencieuse, Jérôme songe que sa présence au Désert est aussi précaire que la chaleur qui sort du poêle. Aussitôt qu'il part, il pense ne jamais pouvoir revenir.

– C'est pire cette année, non ?

– Pire que pire.

Rim est une mercenaire, une figure résurgente du passé. Elle mâchonne son mégot avec flegme. Elle s'est habituée à ce pire que pire :

– Et ça va pas s'arranger.

Jérôme sait bien ce qui est en cours. Mais se le faire expliquer par Rim, pieds sur la table dans la lueur vacillante de la lampe à pétrole, permet de rendre plus tangible la catastrophe dans laquelle ils vivent.

Depuis que Jérôme est arrivé au Val, la température moyenne sur la planète a augmenté d'un demi-degré. Elle est aujourd'hui supérieure d'un degré et demi à celle de l'ère préindustrielle. Ce chiffre était un seuil : celui que les gouvernements réunis à Paris en 2015, pendant que Camille était assignée à résidence, s'étaient engagés à ne pas dépasser. Il est bien dépassé. Il est difficile, pour Jérôme, pour quiconque, d'éprouver concrètement ce qui a disparu. Mais si, le jour où il s'était installé ici, il avait fermé les yeux pour les rouvrir à cet instant précis, huit ans après, peut-être alors pourrait-il constater combien les fleurs sont rares, combien tout, autour, n'est que gris, combien le glacier est mort, recroquevillé dans un trou comme une hermine dans son terrier. Tout ce qu'il a vu dépérir sans en prendre la mesure exacte. Après tant d'hivers très chauds, la roche est fragilisée. Bientôt, sans doute, la montagne ne sera plus habitable, soumise au vent, à la merci des éboulements. Rim va-t-elle partir ?

– Et toi, Jérôme, est-ce que tu partiras ?

Il hausse les épaules, roulant un gros joint pour deux. Il ne répond pas : c'est parce qu'il pense à Camille et à Ulysse.

Plus tard, regardant la nuit tomber sur le plateau de l'Étoile, où vit Rim, au bout duquel apparaissent les montagnes coupées, flottant sur la lande comme des icebergs grisâtres, il frissonne en imaginant ce que pourrait être une maison à soi si le Désert ne peut plus en supporter une.

Où aller quand on s'est blotti dans le dernier repli du monde ?

Au matin, *L'Odyssée* gît au sol, près de la bouche ouverte du sac à dos. Le papier s'en est de nouveau échappé, a glissé un peu plus loin. C'est un signe : il lui faut voir ce qu'il renferme. S'étirant depuis le lit pour ne pas en sortir, il l'attrape et le déplie. Lentement. Le papier est plus jaune que ne le sont les pages du livre. Il reconnaît bien l'image qui y figure. L'estampe du yôkai Amabié, esprit japonais, qu'ils avaient placardée sur un mur de la maison rouge. Voilà tout ce que contient ce livre. La seule chose qui lui reste de son ami qui dort peut-être, à l'heure qu'il est, dans une cellule. Il l'espère presque : il n'aurait pas rejoint alors le cortège de morts de ces dernières années.

Yvain avait gardé près de lui durant toutes ces années leur monstre protecteur, perdu il y a longtemps, lorsqu'ils avaient quitté la maison rouge. Jérôme pleurerait les larmes gardées depuis neuf ans s'il n'était pas asséché comme le bras mort d'une rivière. Si Rim lui en laissait le temps. Elle passe la tête par le rideau, et sous ses yeux, Jérôme se découvre nu, soudain.

– Faut mettre ton pantalon mon copain, je veux te montrer un truc.

Elle redisparaît derrière le rideau qui sépare la pièce de l'étable où Han reprend des forces. Où elle le panse, change son bandage : elle a les gants couverts d'un liquide jaunâtre, dont la vue donne la nausée à Jérôme.

– C'est que ça cicatrise. C'est rien, gerbe pas.

– T'as pas du café ?

En guise de café, Jérôme aura l'air frais, Jérôme aura le vent, l'odeur de la jument grise que Rim lui a prêtée ce matin. Il suit la sienne, alezane, sur le chemin qui mène à la crête, où Rim s'arrête.

– C'est ça que tu voulais me montrer ?

Rim hausse les épaules.

– C'est ça, ouais.

– Et pourquoi ?

– Tu vis là, je voulais te montrer, c'est tout.

Quand Rim était arrivée au Val, Jérôme n'y était pas encore. C'était au milieu des années 2010, quand les gens qui vivaient là pensaient encore que reviendrait la neige, et qu'avec la neige reviendraient les touristes et les saisonniers. Comment était-elle arrivée ici ? Elle ne le lui a pas raconté. Un jour, elle est apparue au Val, c'est tout. Là, elle a été assez aimée pour se voir confier une chose à laquelle tenaient les locaux, le télésiège possédé par la commune. Après l'incendie et l'exil de tout le village, on avait décidé d'abandonner les remontées mécaniques à la rouille. Rim était sans ressources désormais. Elle avait grimpé jusqu'à l'alpage de l'Étoile. Personne ne le réclamait : il est devenu le sien. Elle s'est donné pour mission de garder la montagne. Il y a à faire, le réchauffement conduit le gibier à se réfugier plus haut et des groupes montent de l'ancienne vallée industrielle pour braconner les loups du Val qui, venus depuis la Suisse, se sont implantés là bien avant le déclin et profitent de la désertification pour prospérer. Que font-ils de leurs carcasses ? Jérôme l'ignore. Rim ne veut pas le savoir. Elle protège les loups et aujourd'hui, elle a plus que les loups à protéger. Depuis la suppression totale de l'Office national des forêts, la gestion des bois autour d'ici est confiée à des groupes privés, exerçant à la frontière poreuse entre le commerce et le banditisme. Ça fait quelques années qu'on entend au Val des histoires à leur propos. Des coupes à blanc, larges saignées dans le paysage, dans les vallées environnantes, des forêts entièrement détruites par des trafiquants de bois. Est-ce que c'est eux, les responsables de ce désastre que Jérôme a devant les yeux et que Rim a voulu lui montrer ? Cette saignée, cette longue ligne vide au milieu de la forêt d'aroles où travaillent des tractopelles et où filent des quads.

– Quelqu'un est venu me voir, Rim.

– Un de ceux-là ?

– Je suis presque sûr.

– Je te donnerai un fusil quand on sera chez moi. C'est des fusils d'ordonnance de l'armée suisse que je récupère chez des clients.

– Je préfère pas.

– Pourquoi ?

– J'ai trop peur de me tuer avec.

– T'es un drôle, toi.

Rim fait claquer la bride et la jument reprend son trot. Jérôme ne se trouve pas drôle, non. Jamais la vie n'a été assez paisible pour ne pas penser au suicide comme à une issue. Depuis l'enfance, d'aussi loin qu'il se souvienne, il pense que la vie est comme une étrange glissade. Il ne maîtrise rien. Mais si un jour continuer à vivre lui coûte trop, il lui restera le suicide. S'il regarde les choses en face, ce jour où la vie deviendra impossible, il y est. Pourtant, il repousse toujours au lendemain la décision d'en finir. Que ferait-il d'un fusil, si ce n'est partir au milieu de nulle part, loin des autres, pour mourir comme le font les vieux éléphants ?

– Tu vas faire quoi avec ces types ?

– Qu'est-ce que tu veux que je fasse toute seule, Jérôme ? Tu veux que je me fasse buter ?

Tandis que la jument redescend de la crête, s'éloignant de la menace des trafiquants, Jérôme se demande si la colère de Rim vient de ce qu'ils détruisent la forêt ou de ce qu'ils lui volent un peu de son gagne-pain. Car la forêt, Rim la préserve. Mais elle prélève aussi, de temps en temps, assez de bois pour que la revente lui permette de vivre. Il ne lui pose pas la question. Derrière eux, le soleil se couche. Déjà, l'ombre est glaciale. Au loin, les premiers loup hurlent. Il faut rentrer.

L'Étoile est cernée par les loups. Ils ne sont pas si nombreux au Désert.

Ils ne sont pas là généralement. Rim dit qu'ils ont fui la forêt dévastée, qu'ils sont en rogne. Peut-être le sont-ils : Loup les entend et, Jérôme en est sûr, il les comprend. Il se prend pour un vrai loup, ce chiot noir, il comprend leur colère. Il hurle avec eux, et joint au bec, buvant la gnôle au goulot, Rim l'applaudit.

Jérôme, lui, n'applaudit pas. Il sort, il a quelque chose à réparer dehors. Ça fait des semaines que Rim ne parvient pas à se connecter à l'Internet satellitaire. Sur le toit, au milieu des hurlements des loups, il dégage la poussière de l'antenne. Le chiffon trace des cercles dans le noir crasseux de la parabole. Il est sale et gras, maintenant. Jérôme le glisse dans la poche arrière de son pantalon de travail et descend l'échelle rouillée jusqu'au sol des loups. Là, il court. C'est inquiet qu'il pénètre dans la cuisine où, encore, Loup fait un spectacle à Rim. Il lance le navigateur et tape dans le moteur de recherche :

La Cingle.

De nouveau, le vertige le prend. Ce vertige, c'est celui de se tenir au seuil d'une vérité dont, pendant trois semaines, il a tenté de se tenir éloigné. Yvain est mort, peut-être. Dans les premiers résultats de recherche, rien n'est visible. Des articles anciens, datant d'il y a cinq ans. 2 mars 2025 : dans une forêt près d'Arras, des écologistes défendent un scarabée invisible. Peut-être que cette absence de nouvelles est un bon signe. Ses camarades ont été évacués ; ils attendent peut-être leur procès en maison d'arrêt ou chez eux, la cheville enserrée par un bracelet électronique ; ils sont saufs.

Sur les réseaux, les nouvelles sont plus nombreuses. Plus tragiques.

Très vite, Yvain apparaît, tiré au sol par des keufs en armure. Le post explique qu'il est actuellement incarcéré à Arras. Puis c'est le prénom d'Aline qui lui saute aux yeux. Elle serait morte. Aucune photo, là. Les dents serrées et les yeux durs, Jérôme scrolle pour bien saisir toute l'étendue de la tragédie. Aller bien au fond de son désespoir. Trouver, surtout, des preuves de ce qu'il lit. Une vidéo. Il y voit quelque chose qui le glace. Malgré la qualité médiocre, il reconnaît le vert de la cagoule de Kodama. Perchée sur l'arbre au sommet duquel il l'a aidée à grimper. Près de son visage, soudain, une gerbe d'étincelles. La plateforme qu'il avait participé à construire s'effondre, trop fragile. Et son corps chute, de cinq ou six mètres au moins. Cliquant sur la vidéo, il en voit la source. La photo de profil ne laisse pas de doute, la vidéo a été publiée par la journaliste qu'il avait rencontrée dans le tombeau. En commentaire, elle raconte ce qu'elle a vu et Jérôme la croit, elle. La mort d'Aline. L'arrestation d'Yvain comme celle de vingt autres personnes. Et Kodama qui, après sa chute, a fait un AVC. Elle est aujourd'hui dans le coma à l'hôpital d'Arras. Voilà ce qui s'est passé. Ce que Jérôme, dans son ermitage, a raté. Ce que sa chance lui a encore évité.

Le vertige qui le prend cette fois est différent. C'est celui de son inutilité totale et de sa lâcheté. Occupé à oublier ce qu'il avait vu là-bas, il n'a pas transmis les documents d'Yvain. Il n'a pas été contacté, c'est vrai, mais rien ne l'empêchait de chercher le contact d'un avocat allié à qui les remettre – s'il avait appris par cœur le numéro que Kodama lui avait tendu à la Cingle, ça aurait été plus simple. Immobile devant l'ordinateur, il rumine son regret. Rim reste muette. Loup fait le loup. Sur l'écran, sans répit, la vidéo se rejoue. Sans cesse, Kodama chute.

Le lendemain matin, ils conduisent Han au Val où, la semaine suivante, le vétérinaire passera. Il ne monte jamais à l'Étoile, lui a dit Rim, sa voiture ne le lui permet pas. C'est vrai que la route est difficile jusque là-haut. Dans cette partie du chemin, le pick-up est si penché que Jérôme, à l'arrière, prend ses appuis contre l'habitacle. Il n'est pas tout à fait debout, pas tout fait couché, tout contre Han qui gémit de douleur.

– Tu es cassé et je suis cassé, Han. On est cassés pareil.

Il pose sa main dans la touffe entre les oreilles de l'âne. Il ne le calme pas par sa présence, mais au moins est-il là. Dans les méandres du chemin. Dans l'odeur du gasoil. Jusqu'à ce que, aux abords des chalets touristiques en ruine en amont du Vaisseau, le pick-up cahote un peu moins, roule un peu plus vite, glisse dans des contours un peu plus doux, à travers la Piazza déserte, accusant les lents virages qu'effectue Rim pour éviter les nids-de-poule sur le parking. Silvio attend là, les coudes appuyés sur la barrière de ciment, comme tous les jours depuis le commencement du monde. Jérôme est là, près de Han, quand le pick-up entre en marche arrière dans le garage au fond duquel Silvio a déjà étendu un large lit de paille. Quand Rim détache le treuil, il est là. Quand Han décolle dans un gémissement et qu'on le pose dans son nid, il est là, Jérôme, il lui caresse les oreilles. En temps normal, Han n'aime pas ça. Pas cette fois. Épuisé, il s'endort. Il restera ici jusqu'à ce que le vétérinaire arrive. Ensuite, s'il en est capable, Rim l'accueillera dans son étable. Jérôme le sait bien, son vieil ami est trop faible pour retourner au Désert avant des semaines.

– Un âne, c'est pas couché d'habitude. J'ai jamais vu un âne comme ça.

Il a raison, Silvio. Un âne, ça dort souvent debout, mais celui-là, il n'est pas debout parce qu'il est tombé.

Jérôme, lui, est debout. Il est debout et il veut boire beaucoup.

Silvio est d'accord. Il ne boit pas, lui, parce qu'il n'a pas le droit. Il regarde Jérôme boire une longue gorgée d'un vin râpeux qui tache les peaux mortes des lèvres qu'ont ceux qui ne parlent pas trop souvent, qui puent de la gueule de ne pas l'ouvrir, gerçures du taiseux. Silvio le resserre, comme pour lui dire, c'est bon maintenant, tu peux parler. Mais Jérôme ne dit rien. Il goûte ce silence que Silvio, contre toute attente, rompt.

– Tiens j'ai ça pour toi.

Il lui tend une enveloppe et Jérôme l'ouvre, parce que les

deux grands verres lui donnent quelque chose comme du courage, soudain. Il se demande si le monde autour est bien le monde, si la réalité a glissé dans le rêve : en ouvrant le papier plié en deux il découvre Amabié. La même estampe que celle conservée dans le livre d'Yvain. Elle est neuve, celle-ci. Et au bas, écrit au stylo, un numéro de téléphone.

– Qui a déposé ça ?

– On l'a reçu par la poste.

– C'était quand ?

– Il y a dix jours à peu près.

Alors Silvio resserre Jérôme et Jérôme boit le vin. C'est tout ce qu'il sait faire. Ce soir, il n'appellera que s'il a assez bu. S'il oublie, tant pis. Il s'endormira près de Han. S'il oublie, tant mieux.

La démission de ses études avait été pour Geronimo la première d'une longue série qui devait, des années plus tard, le conduire au Désert. Cela prenait du temps de bien se brûler.

À la maison rouge, c'était un sujet de plaisanterie. Yvain riait lorsque Geronimo rentrait : de quel poste avait-il démissionné ? Était-il encore arrivé en retard à la cantine qu'il surveillait ? Avait-il rompu sa période d'essai au supermarché en faisant une sieste dans la zone d'écrasement des cartons ?

Il avait fini par garder un travail : il était maquettiste.

Bien sûr, il travaillait dans une agence d'urbanisme, mais il était loin de ce qui, étudiant, l'avait plongé dans sa propre nuit. Il passait la journée dans l'atelier du sous-sol. Seul. La solitude lui allait. Le sous-sol avait été son premier Désert. Tout le jour il moulait le plâtre. Reproduisait soigneusement les aspérités du terrain. Découpait le carton. Il bâtissait sans bâtir.

C'est là que la vie a pris un tour inattendu.

La radio diffuse un énième flash info quand une ombre apparaît, portée par le faisceau violent de la mandarine qu'il aime à diriger pour dessiner les angles des maquettes, la lumière rasante d'un coucher de soleil. Personne, jamais, ne descend ici. L'ombre parle.

– Alors t'es là, Geronimo.

Elle a la voix de Nour.

Il est loin, le quartier d'Ostend où ils se sont rencontrés. Loin le brouillard des lacrymos. Loin le sang coulant du front. Loin. Il faut inventer quelque chose, des retrouvailles qui seraient trouvaille, c'est le jeu. Ils ne sont plus ces étudiants en architecture et en droit vivant à des centaines de kilomètres de distance. Ils travaillent, désormais, dans le même endroit. Geronimo est maquettiste, Nour juriste.

Le jeu, c'est tout recommencer. Aller au cinéma et ne pas s'embrasser tout de suite. Aller à un concert et danser sans trop se coller. Aller au restaurant pour manger ce que les adultes mangent. Et se raccompagner l'un chez l'autre. S'arrêter au baiser. Rentrer chez soi en sautillant presque. S'écrire souvent. Tout le temps. Laisser en soi monter une sorte de chaleur en pensant aux joues, là-bas, qui rougissent. C'est le jeu.

Et quand, un soir, le président de la République annonce qu'en réponse à l'épidémie de Covid, un confinement est décrété, ils font dans la nuit tout le trajet de la vieille ville à l'île sur le fleuve. C'est partout comme un grand déménagement. Nour, elle aussi, déménage. Elle va passer les temps confinés à la maison rouge.

Yvain salue Nour comme s'il l'avait vue la veille. C'est le début d'une vie nouvelle et étrange. La peur, d'abord, de sortir de chez soi, comme un chat effarouché après avoir atterri dans une maison étrangère. Puis à la première bouffée du dehors, le sentiment de retrouver un endroit perdu, d'arpenter les rues d'une ville antique soudain dégagée de la mer qui l'avait engloutie il y a mille ans, une Atlantide. Alors, conquérir la nuit déserte. Éviter les patrouilles. Dégonfler soigneusement les pneus de tous les SUV et se faire la courte échelle pour éteindre les vitrines. Promener des chiens errants, les relâcher au bout du pâté de maisons en bord de fleuve, pour leur laisser la ville. Planter des légumes dans les parcs publics. Rebâtir dans le monde devenu friche.

Vivre à la maison rouge pendant les premières semaines de l'épidémie, c'est faire comme la partie la plus privilégiée du monde : tuer le temps. Tuer l'absence aussi.

Depuis des semaines, Camille est partie.

Au milieu du mois de février, Geronimo l'a accompagnée à l'aéroport de Roissy. Il l'a prise dans ses bras, serrée aussi fort qu'elle le serrait, avant de regarder ce gros sac à dos qui semblait être Camille tout entière passer le portique de sécurité. Au milieu de la nuit, son téléphone sonnait : il savait désormais Camille arrivée à Fargo d'où elle devait rejoindre une action contre la construction d'un pipeline traversant la frontière entre le Dakota du Nord et le Montana.

Ils n'ont eu aucune nouvelle depuis. L'ont appelée de nombreuses fois, en vain. Yvain répétait : Tu verras, tout ira bien. Tout n'allait pas mal. Tout allait sans Camille et ce n'était pas aller bien tout à fait.

La vie va sans Camille, donc. Jusqu'au soir où les téléphones des deux membres du groupe Victor Serge restants à la maison rouge sonnent en même temps. Sur leur écran d'accueil, un pseudo inconnu : Amabié. Une photo de profil, provenant d'une estampe japonaise, qui représente une petite créature couverte de poils long, flottant sur la mer au clair de lune. Amabié ne fait que lancer une discussion.

Suspendus à leur écran, Geronimo et Yvain regardent les points de suspension se dessiner sur le chat.

– On s'appelle ?

Lorsque Geronimo décroche, qu'il voit le visage de Camille, il fait semblant de laisser tomber le téléphone de stupeur : il se sent pleurer.

Que leur dit Camille ce soir-là ? Elle s'excuse d'abord. Elle a perdu son téléphone et n'en a pas racheté. Est-elle encore à Fargo ? A-t-elle contacté l'ambassade pour savoir comment rentrer maintenant que les frontières sont fermées ? À toutes ces questions, Camille ne répond pas vraiment. Geronimo accepte ses règles. Et dans les mois qui suivent, lorsque Camille l'appelle, il se contente de raconter leur vie à eux, de raconter la Ville, Nour, Yvain et la maison rouge. Camille l'appelle et c'est déjà assez. Ces coups de fil deviennent rituels. En l'absence de moyen de la contacter, Geronimo attend qu'un inconnu lui écrive. À chaque fois, le pseudo change. Les cherchant sur Wikipédia, il comprend qu'il s'agit toujours de noms et de représentations de yôkai, ces esprits japonais qui semblent peupler par milliers un univers que seuls les initiés peuvent voir. Amabié est le premier yôkai que Geronimo a rencontré : il est apparu en 1846, objet brillant sur la mer, dans la province de Higo, préfecture de Kumamoto, et a donné un conseil magique à un fonctionnaire. Lorsqu'une épidémie se propagerait, regarder son portrait guérirait les malades.

Geronimo imprime l'estampe et l'accroche dans la grande pièce du rez-de-chaussée.

– Si l'un de nous tombe malade, il n'aura qu'à le regarder et il sera guéri.

En l'absence de protection et de vaccin, ils n'ont alors qu'Amabié, yôkai protecteur des temps pandémiques.

À Buruburu, esprit des frissons, Geronimo dit comment Nour, par sa seule présence, empêche le monde entier d'être tout à fait une ruine.

À Akashit, esprit des nuages noirs, il décrit comment construire une cabane avec les mesures exactes de celle que Theodor Kaczinki, le terroriste connu sous le nom d'Unabomber, avait construite dans le Montana. Camille rit. C'est une blague, bien sûr, une provocation. Rien, dans la pensée de ce terroriste, ne le séduit. Il ne rêve pas d'être un loup solitaire et réactionnaire, vivant dans une cabane d'où il enverrait des bombes à des mathématiciens et des aviateurs. Non. Mais il veut tendre à ses ennemis leur propre cauchemar.

Quand Mononoké, l'esprit vengeur, l'appelle, Nour est là, à côté de lui. C'est elle qui explique à Camille ce que deviennent les cabanes ; à tous les camarades qui veulent vivre autrement, les cabanes serviront. Une dizaine d'amis ont décidé d'exploiter une ferme laissée en friche dans le Limousin, près d'une mine de kaolin abandonnée. Geronimo leur a fabriqué une dizaine de cabanes.

Hakuba, le cheval blanc qui porte chance, est la seule personne en Amérique du Nord à entendre parler de cette affaire : une conseillère municipale a pris en photo les cabanes dans la grande clairière qu'occupent ces camarades, pour s'en indigner. L'extrême droite s'est jetée dans la polémique. Le petit groupe de squatteurs a gagné, en quelques heures, l'aura de terroristes. Peut-être que c'est cette histoire, peut-être que ce sont les keufs qui sont remontés jusqu'à la maison rouge. Peut-être est-ce le simple ballet incessant des voitures de leurs amis qui apportent sans discontinuer des palettes à la maison rouge. Peut-être que leur temps là est révolu. Peut-être que le propriétaire des lieux touche au but dans ses longues et fastidieuses procédures judiciaires. Peut-être est-ce dû à la fièvre anti-squat qui s'est emparée du pouvoir après un énième fait divers d'occupation d'une résidence secondaire. Ils ont vécu là quatre années : Geronimo dit à Hashihime, la femme qui apparaît près des ponts, qu'ils vont devoir partir, que la maison rouge va devoir serrer les dents quand les pelleteuses vont l'anéantir.

Un soir, au coucher du soleil, un sound system est installé sur le tas de gravats de feu la maison rouge. Yvain et Geronimo ont, pour l'occasion, tendu de nouveau le câble à travers la rue. Édifié, pour une nuit seulement, leur propre petit arc de triomphe. Comme le premier soir où s'étaient soudain allumées les lumières d'Odette et Jean, le sound system se met en marche dans le noir qu'ils souhaitent préserver : c'est la saison des lucioles. Elles font sur les ruines des constellations.

Dans l'esprit de Jérôme, tout se mêle. Une nuit éclatante et sombre. La techno et la volonté de s'accrocher à chaque son. La fête ne dure pas longtemps, ce soir-là. Les lucioles n'ont pas eu le temps de s'éteindre. Mais Camille arrive avant les keufs.

Elle n'a prévenu personne.

Même dans la nuit la plus noire, Geronimo l'aurait reconnue.

Peut-être se couche-t-il sur ses genoux, comme il l'a si souvent fait. Peut-être se parlent-ils.

Aucun souvenir.

Depuis le retour de la Cingle, c'est malgré lui que Jérôme se confronte aux souvenirs de Camille, d'Yvain, aux batailles du passé qu'il rejoue et dont il ne parvient pas à retrouver le fracas. Il pourrait tenter de réimaginer ce qu'ils se sont dit, tant le sentiment de l'absence de Camille est une épine, encore, fichée quelque part en lui.

Tu m'as manqué, Camille.

J'étais inquiet, Camille.

J'aimerais que tu me racontes ce que tu fais pendant ces longs mois où tu n'es pas là, Camille.

Tout ça. Tout ça.

Il lui dit tout ça, peut-être, en regardant clignoter les lucioles.

Quelques jours plus tard, ils poussent ensemble la porte du cabinet : il est tard et ils le savent, à cette heure, le docteur ne reçoit plus. Il est au téléphone, rassurant quelqu'un. Il fait à Camille un clin d'œil, comme si c'était son assistante qui entrait pour lui donner un fax et non sa fille qui revenait le voir après une demi-année d'absence. Quelque chose d'assez habituel pour le docteur. Une performance de la normalité qui ne masque pas, pourtant, combien depuis quelques mois, l'état de son corps s'est dégradé. Les arêtes de ses pommettes sculptées par on ne sait quelle maladie, quelle tumeur que le docteur cache. La peau de ses mains est cireuse et jaune.

Il a mauvaise mine, mais il est là, le docteur. Il leur sert une poêlée surgelée et ne commet, en discutant avec Camille, aucune erreur. Il lui laisse son mystère. La fatigue le prend vite et, montant se coucher, il refuse le bras de ses deux enfants. À chaque marche, il soulève le poids de sa vie.

Peut-être entend-il depuis sa chambre l'inquiétude de Camille, Geronimo lui répondre qu'il est médecin : s'il était malade, il le saurait et le dirait. Peut-être est-ce pour ça qu'à travers la cage d'escalier, les clés de sa Volvo volent.

– Allez faire un tour, les enfants.

Geronimo démarre la Volvo et sort du garage. Camille, elle, a le regard bas sur ses cuisses. Elle effrite le shit tout gras, tout noir, de Darty. Et tandis qu'ils roulent dans la nuit, Geronimo s'en souvient bien cette fois, il ne sait pas quoi dire à Camille, tant est dense ce mystère qu'est devenue sa vie. Elle ne lui raconte rien, et pour Geronimo, c'est une offense. Il n'est plus tout à fait sûr de l'identité de la personne assise à ses côtés. Est-ce Camille, ou Mononoké, qui expire la fumée du joint dans la nuit tiède ? Est-ce Camille, ou Akashit, qui s'enfile dans un bosquet en bord de la départementale pour aller pisser ? Est-ce Camille, ou Hakuba, qui minaude pour convaincre Geronimo d'entrer par effraction dans le grand parking des usines Peugeot ? Est-ce Camille, ou Buruburu, qui s'endort, défoncée, dans la lumière rouge qui illumine le viaduc de la Lizaine ? Est-ce Camille qu'il couche dans sa chambre, comme on couche un enfant perdu ? Est-ce Camille qui part au matin, ne laissant aucun mot, chargeant le docteur de se faire messager d'une énième fuite, la toute dernière ? Le docteur dit : Camille est partie. C'est tout. Le docteur dit : Je voudrais te parler de quelque chose, mon fils. Je voudrais te parler du cancer qui pourrit dans mon ventre, de ma vie devenue soudain si courte. Mais c'est une autre histoire, ça. C'est un autre regret.

Geronimo rentre de Milan, il a presque mal au ventre : après deux jours ensemble, il vient de dire au revoir à Nour pour deux mois. Le train traverse la campagne près de Brescia, là où les montagnes semblent avoir été dévorées par des bêtes grandes comme des villes au moins, quand Yamachichi, l'esprit simiesque des monts, appelle Geronimo. Elle lui dit : Je viendrai à Venise te voir avec Yvain. Où est-elle ? Elle ne veut pas le dire. Mais elle sera là quand elle rentrera en Europe, elle le promet.

Durant l'automne 2021, Geronimo est à Venise ; il s'épuise. Une artiste lui a téléphoné un jour : elle avait vu les petites maisons de bois façon Unabomber et voulait l'embaucher pour une œuvre dans le pavillon allemand de la Biennale. Elle avait besoin d'architectes. Il ferait partie d'une équipe chargée de déplacer la totalité du pavillon sur une plateforme au milieu de la lagune.

Geronimo passe ses journées entre le studio donnant sur

le campo San Francesco et les Giardini où, dans quelques mois peut-être, s'il fait bien son travail, disparaîtra le pavillon à colonnes fascistes pour ne laisser qu'un rond de sable marquant son absence. Il passe ses nuits dans un appartement minuscule du Ghetto servant de dortoir aux stagiaires comme lui. Sur le campo San Francesco à boire du vin en brique pour oublier la fatigue. Fantôme en hoodie noir, infiltré dans la nuit dorée d'un palazzo. Ou dans l'obscurité moite d'un centre autogéré du Morion.

Des odeurs et des lumières se percutent dans sa mémoire avec une sensation précise : la sécheresse des yeux vissés aux feuilles de calculs, aux plans millimétrés, qui font surgir derrière les paupières comme des insectes creusant l'iris. À cette époque, Geronimo appelle tous les soirs le docteur qui, jamais, n'enclenche la visio. Il le sait, son père lui dissimule l'avancée de sa maladie. Il le comprend aux inflexions brisées de sa voix. Alors Geronimo coupe sa caméra, lui aussi, pour que son père ne voie pas la larme qui coule sur sa joue. Le docteur soupire. Le docteur fait silence. Et Geronimo dit : Passe une bonne nuit, mon papa. Repose-toi, mon papa. Il prend toute la joie de l'air autour, des collègues riants, de l'été qui s'attarde sur le campo, la foule qui se réunit, au coucher du soleil, devant la synagogue. Il synthétise tout ça comme une pompe à joie et il dit, la tristesse cachée derrière la gorge comme une tumeur : Je t'aime, mon papa. Puis il raccroche. Il appelle Nour. Elle sait l'écouter, mais il n'y a rien à dire. Lorsqu'elle essaie de le rassurer, ils se disputent. Alors Geronimo ne dit rien.

Il lui demande dans l'anglais qu'ils utilisaient au temps heureux d'avant Venise :

– Tell me about your life, Nour. Please.

Quand il avait appris qu'il allait être tout l'automne à Venise, Geronimo s'était regardé avec un sentiment qu'il devait bien appeler fierté. Mais Venise arrivait au pire moment possible. Cela faisait un an, à peine, qu'il avait emménagé avec Nour dans un petit appartement près de la gare centrale de la Ville. Ils s'étaient bâti une vie, des habitudes au milieu de leurs choses. Il fallait déjà quitter cela. Laisser l'appartement et se débarrasser des meubles : car Nour aussi devait partir. Elle avait trouvé un poste au sein d'un collectif d'artistes, de sociologues, d'architectes et de juristes enquêtant sur l'incendie de la tour Grenfell, à Londres. Geronimo devait la retrouver là-bas après Venise. À Londres, il rejoindrait l'équipe de Nour. Il se préparait à ça : durant des semaines, ensemble, ils n'avaient fait que parler anglais. Il trouverait là l'issue la plus favorable qui soit à son désespoir d'étudiant, il serait un architecte qui ne construit pas. Penser à tout ça est une joie bien sûr, mais il y a l'épuisement du travail. La mort, lente et lointaine, du docteur. La vie faite de pôles magnétiques qui sans cesse se repoussent.

L'attente de revoir Camille remplit les jours, éclaircit l'esprit.

Comme d'habitude, Geronimo appelle les grutiers, taille le crayon et annote le plan. Descend dans le plancher creusé du pavillon, examine les failles, toutes les fêlures des fondations. Observe le décor fasciste brutalement déposé par les nazis sur ce pavillon autrefois baroque. Imagine le pavillon tout entier se soulever dans le ciel bleu Méditerranée, pour se poser sur la plateforme de fer au milieu de la lagune. Le voir enfin disparu. Geronimo a pour la première fois depuis des semaines l'impression de participer à quelque chose de bon. C'est qu'en posant son oreille sur la dalle du pavillon, il peut entendre chaque pas que Camille fait dans sa direction. C'est qu'en supprimant le bruit des autres, le bruit du vent, le bruit du moteur du vaporetto qui le conduit à la gare Santa Lucia, il peut entendre Camille arriver. Son souffle. Sa main battant l'air. Camille.

Il la voit déjà fendre la foule, son sac si lourd sur une seule de ses épaules héroïques.

Mais la foule qui descend du train de Milan se tarit. Camille n'est pas là. Et quand Yvain le prend dans ses bras et qu'il est tout enfoui dans l'odeur épicée de sa sueur, Geronimo n'est pas heureux de le revoir, non.

– Camille n'est pas là ?

– Camille n'est pas là. Elle va arriver. T'inquiète, Geronimo.

– Si tu le dis.

Mais les jours passent et les nuits tombent et Camille n'arrive pas. Geronimo sent les vertèbres de sa vie se démettre.

Une semaine plus tard, Yvain est assis au bord d'un canal, les pieds au-dessus de l'eau glauque, et regarde Geronimo qui le regarde, sur la berge d'en face, baigné dans la lumière jaune d'un réverbère.

– Pourquoi tu boudes, Geronimo ?

Silence.

– Camille va venir, ou elle va nous appeler, tu vas voir. Cette nuit ou dans deux jours, une semaine. Un monstre japonais, je sais pas, l'esprit du feu qui flotte au-dessus des tombes, de la pisse de tous les chiens sur les réverbères de Nagasaki, un fantôme qui donne des cauchemars aux commissaires de Kyoto, je sais pas ce qu'elle inventera.

Silence.

– Tu sais comment elle est Camille, elle revient toujours, quand on l'attend plus, mais toujours.

Silence.

À l'époque, il avait été heurté de voir Yvain aussi peu affecté par la disparition de Camille. Il paraissait s'en foutre. Geronimo l'avait suivi Calle del Morion où il devait retrouver des amis qu'il s'était faits en quelques jours de présence à Venise. Avec eux Yvain riait, et Geronimo ressentait ça comme une insulte. Neuf ans plus tard, repensant à cette soirée près de l'Arsenal, près de ce canal qui débouchait, à une trentaine de mètres de là, dans la lagune sombre fondue dans l'ombre obscure des mégayachts alignés sur la rive, Jérôme réalise que, peut-être, Yvain n'était pas aussi stoïque devant la disparition de Camille qu'il le pensait. Lui aussi était inquiet. Mais il ne faisait pas silence. Il se rassurait en se répétant : Camille va revenir.

Mais Camille ne revient pas. Camille ne reviendra jamais.

Jérôme repense à ce soir-là. Au visage aimé d'Yvain dans l'obscurité de la ferme, à la Cingle. À Yvain qui lui dit adieu du sommet de son arbre et comment ça lui a crevé tout l'être, ça. Il y repense : aux neuf ans perdus avec Yvain. À cet instant où il a traversé la salle de concert au milieu de laquelle Yvain dansait. Il l'a laissé là.

Ce soir-là, il avait l'impression d'avoir perdu pour toujours la grande héroïne de sa vie. Camille avait, pendant des années, été là dans tous les moments importants de son existence. Il avait cru en la possibilité de bâtir avec elle, avec Yvain, une vie hors de toute contingence, dans toutes les maisons rouges du monde qui ne demandaient qu'à être occupées par eux, dans tous les ateliers abandonnés. Et puis Camille, peu à peu, s'était effacée. C'était une trahison. Elle partait, jouant à la vie clandestine. Sacrifiant, au profit d'un jeu de rôle, des amis de toujours. S'il devait la revoir un jour, c'est le mot qu'il emploierait. Une trahison. Pourquoi faisait-elle ça ? Pourquoi n'était-elle pas venue le voir ? Il n'y avait pas de grand danger à sortir, de temps en temps, la tête nue. À revoir les gens qu'on aime. Il n'y avait pas un keuf à chaque coin de rue prêt à l'attraper. C'était une fiction égoïste, ça. Mégalomane. Il n'y avait des keufs que dans la tête de Camille.

Il avait quitté le Morion sans dire au revoir à Yvain – durant neuf ans, il ne lui adresserait plus un mot. Jusqu'au matin, il avait marché. Puis il avait pris le premier train.

Sur le vaporetto le conduisant à nouveau à la gare de Santa Lucia, il se tient au toit de tôle peinte déjà brûlant. Une très vieille femme jette dans la lagune un bouquet de fleurs blanches, puis fait un signe de croix en regardant l'île aux morts. Geronimo attend que les fleurs flottant sur l'eau noire disparaissent sous la vague produite par le vaporetto, dans un brouillard d'écume, pour rejoindre le fond de la lagune où il désire voir chaque bâtiment sombrer. Toute la ville. Et le monde entier. Et lui avec.

Elle est bien en train de couler, sa vie. Passé la frontière, il reçoit un appel de l'hôpital de Montbéliard. Il comprend alors qu'à l'instant où il voyait disparaître les fleurs blanches dans la lagune, disparaissait le docteur.

Comment ferait-il le récit de cette époque à Yvain ?

Il lui dirait qu'il n'était même pas allé à l'enterrement de son père. Il s'était enfermé dans le cabinet au rez-de-chaussée. La maison lui semblait soudain immense. Durant ces jours de deuil reclus, les pièces étaient demeurées closes, ouvertes seulement à la poussière. Il lui dirait qu'il ignorait comment il avait réussi ça, mais finalement il était parvenu à sortir : il avait pris une chambre à l'hôtel Bristol, à Montbéliard. Le gérant connaissait le docteur, comme tout le monde ici, excepté peut-être Geronimo lui-même. Il lui avait dit : Reste, tu paieras plus tard. Il était resté des mois. Il lui dirait qu'une nuit, il avait tenté de contacter quelques camarades qu'ils avaient hébergées à la maison rouge. Il n'avait reçu qu'une réponse ou deux : personne ne savait où était Camille. Il avait bu, alors. Tellement bu. Croqué les Tramadol comme des cacahuètes. Il dirait à Yvain que chaque jour qu'il avait passé à l'hôtel Bristol à attendre, il avait laissé sonner son téléphone, laissé disparaître de l'écran le nom de Nour et le sien, aussi. Il n'avait pas lu leurs messages. Yvain lui demanderait pourquoi, peut-être. Et Geronimo lui répondrait qu'encore aujourd'hui, il ne le savait pas. Il lui demanderait pardon pour ça.

Les appels s'étaient espacés et, un jour, Nour n'avait plus appelé. Yvain n'avait plus écrit. Geronimo était seul.

Il lui dirait qu'il s'était effondré à l'épicentre de sa vie.

Il avait chargé un notaire de s'occuper de tout et puis il s'était souvenu du Val. Un matin, il avait réglé la note de l'hôtel Bristol. Il avait pris un taxi qui l'avait amené, au bout d'une demi-journée de route, devant le restaurant de Silvio où étaient attablés les premiers touristes de la saison – il y en avait encore. Silvio l'avait reconnu : C'est toi, Jérôme, tu es le fils du docteur.

Après ça, il s'était appelé de nouveau Jérôme.

Il dirait à Yvain qu'il avait passé le printemps et l'été enfermé dans la maison que son père avait louée autrefois, à n'oser rien bouger dans le mobilier du chalet, la nappe cirée, les meubles dégueulasses en osier. Il lui dirait qu'il avait cessé de compter la succession des obscurités et des lumières jusqu'à ce que, dans la nuit du 15 au 16 août 2022, il se réveille sous un ciel de braise.

L'incendie avait ravagé tout le Val.

Il avait fallu des jours pour que s'éteignent les dernières fumerolles. Pour que les grands camions rouges des pompiers quittent la Piazza, après les derniers touristes d'août partis la nuit même dans le feu, la fumée et la terreur. Il n'y aurait plus jamais de juilletistes ni d'aoûtiens, ils ne reviendraient jamais.

Silvio avait dit : Le Val n'est plus que l'ombre de moi-même.

Durant des jours, ils avaient escaladé la montagne noire, entre les souches hérissées sur la cendre comme des mines de crayon. Leurs visage se noircissaient et Jérôme toussait noir.

Au-dessus de leurs têtes volait parfois un hélicoptère, traquant les nouveaux départs de feu. Un mégaphone appelait alors leurs silhouettes claires se détachant sur le sol charbonneux. Ils étaient en danger, ici. Silvio ignorait les ordres et Jérôme le suivait, muet. Silvio voulait savoir si la tranchée qu'il avait faite, des années auparavant, pour protéger la forêt d'aroles derrière la crête, avait sauvé celle-ci de la destruction. Les épicéas partis en fumée, Silvio s'en foutait un peu. Ils devaient mourir de toute façon, bouffés par les bostryches.

La grande tranchée qu'il avait tracée avait joué son rôle, la forêt n'avait pas brûlé. Silvio avait épousseté les cendres sur les épines et respiré une grande bouffée d'air. Dans le Val, on dit que l'arole élargit le souffle.

Les pompiers étaient partis maintenant. Il fallait veiller jusqu'à la première pluie pour que ne réapparaissent pas des feux zombies. L'incendie pouvait ramper sous terre, dans les tourbières ou le permafrost dégelé, sans fumée, sans rien, avançant centimètre par centimètre jusqu'à ressurgir un jour, des kilomètres plus loin.

Jérôme avait eu une idée : trouver une sorte de tour de guet. Une vigie pour la forêt et de là, se relayer pour la veiller.

Silvio l'avait amené dans un ancien alpage communal, abandonné depuis longtemps, qui avait pour nom le Désert. Ils avaient campé là des semaines durant. Ils se relayaient pour faire le guet, et toujours un œil était sur la forêt.

Ils n'avaient vu reprendre aucun feu zombie.

Jérôme était éveillé lorsque en septembre, la pluie était tombée sur la forêt incendiée. C'était une petite pluie. Tout le temps qu'il avait passé au Désert, jamais il n'avait vu de grosse averse. Il n'y avait que de longs mois de bruine et de brouillard après des étés arides. C'était une petite pluie, mais elle avait suffi à rassurer Silvio. Le lendemain, il était redescendu. Jérôme, lui, était resté.

Il dirait à Yvain qu'il avait perdu ce qui lui permettait de compter la vie en jours, en années. Il s'était replié au Désert, Sisyphe bâtissant sans cesse des murs voués à l'effondrement. Huit années avaient été jetées au vent du Désert.

Il dirait à Yvain qu'au Désert, il avait bien perdu sa vie. Dédié à un présent perpétuel, il avait presque oublié le passé. Verrouillé les portes de la maison de sa mémoire.

Mais c'était avant la Cingle. Avant de revoir, une nuit, le visage d'Yvain. Avant la mort d'Aline. Avant la chute de Kodama. Avant la vie revenante. Avant qu'il ne compose, assis sur le lit de paille dans le garage de Silvio où dort Han, le numéro griffonné derrière la photo d'Amabié. Avant d'entendre, après le bip, une voix dire bonjour. Avant de comprendre que cette voix, c'est celle de Nour.

– Bonjour, Geronimo.

Avant que la voix de Nour lui apprenne qu'elle s'occupe désormais de la défense d'Yvain et de Camille.

– Camille ?

Le silence de Jérôme est trop long pour Nour : elle le coupe.

– Geronimo ?

Elle n'a pas de temps à perdre, sans doute. Si elle répond à l'appel de cet homme qui, il y a neuf ans, l'a abandonnée, ce n'est pas par amitié.

– Oui, Camille. Elle est dans le coma après être tombée du haut d'un arbre à la Cingle. Une chute de cinq ou six mètres.

Jérôme, toujours, ne trouve rien à dire. Si Nour était face à lui, à cet instant, peut-être ne la verrait-il pas tant sa vision se trouble. Il ferme les yeux. Et dans le noir derrière ses paupières, il se figure Camille : il voit Kodama. Ses yeux verts sous sa cagoule verte. Le dernier des yôkai derrière lequel Camille s'était cachée. Kodama. L'esprit des arbres, qui dépérit quand dépérit la forêt. Elle était restée muette. Elle avait passé deux semaines si près de lui, l'avait enlacé avant de grimper dans l'arbre. Il ne l'avait pas reconnue. On peut ne pas les voir courir sous la terre, mais les feux zombies finissent toujours par réapparaître.

Le retour d'Ulysse aux Verrières

Depuis qu'il est descendu au Val, Jérôme n'est pas retourné au Désert. Il vit chez Silvio, dans la chambre qu'occupaient autrefois les clients qui avaient trop bu pour rentrer. Des bûcherons, des bergers, des paysans qui vivaient en haut, dans les cabanes aujourd'hui effondrées. Jérôme est un client ivre : tout, depuis des jours, autour de lui chancelle.

Il n'a plus Han, dont le soin occupait ses journées : après le passage du vétérinaire, Rim l'a remonté à l'Étoile. Il reste assis, traite sa confusion par l'immobilité.

Dans le placard-bureau sous l'escalier, chaque jour, il tape le nom de Camille dans le moteur de recherche. Tout au long de la journée, il actualise la page. Jamais rien n'apparaît. Les seules nouvelles qui lui parviennent sont celles que lui donne Nour.

À dix-neuf heures, quand les visiteurs doivent quitter l'hôpital d'Arras, elle sort. Jérôme s'assoit sous le porche, attend que Nour l'appelle.

– Tu devrais aller à l'hôpital, aller lui parler. C'est comme si elle dormait. Branchée à tout plein d'appareils. Entourée de keufs qui gardent sa chambre d'hôpital comme si elle était un danger, une bombe peut-être, ou un trésor.

– Je lui dirais quoi ?

– Ce que tu veux.

– Tu sais que je l'ai pas vue depuis presque dix ans ?

– Je sais, Yvain me l'a dit.

– Tu sais aussi qu'ils étaient ensemble à la Cingle et qu'elle s'est fait passer pour quelqu'un d'autre ? Yvain savait, lui. C'est tellement bizarre. C'est tellement méchant, Nour.

– Ça me regarde pas, ça, Geronimo. Je pense que c'est important que tu voies Camille. Peut-être que ça pourrait l'aider de t'entendre, j'en sais rien.

– Moi non plus, j'en sais rien.

Chaque jour, à dix-neuf heures, la Volvo du docteur le regarde avec ses yeux carrés. En attendant l'appel, il essaie de s'imaginer ce qu'il dirait à Camille. Avant même de réfléchir au premier mot de ce monologue, vient toujours quelque chose comme une rage qui le fait trembler : il n'ira pas voir Camille. Il reste au Val.

Un soir, à dix-neuf heures, Nour ne l'appelle pas. C'est bien plus tard que le téléphone sonne, alors que Jérôme ne distingue plus de la Volvo, dans la nuit, que la brillance de ses phares. Il apprend que Camille a ouvert ses yeux verts.

– Je suis venue là tous les jours pour que la première chose que Camille voie au réveil, ça soit pas un keuf.

Camille s'est réveillée. Depuis le bureau sous l'escalier, Jérôme voit apparaître en ligne, dans la rubrique actualités, un seul et même portrait dont il ne garde aucun souvenir. Camille sourit, la tête un peu penchée en arrière, contre des lambris rouges écaillés. L'obscurité partielle et le bruit de l'image donnent à son visage des contours brumeux, faisant écho à l'imprécision de sa propre mémoire. Elle a été prise un soir à la maison rouge, cette photo. Elle illustre des articles tous identiques, reformulations par des intelligences artificielles de brèves d'agences elles-mêmes reformulées par des intelligences artificielles à partir des communiqués de presse de la préfecture du Pas-de-Calais ou du ministère de l'Intérieur. En lisant ces articles, Jérôme n'apprend rien qu'il ne sache déjà. Aline est morte d'une balle dans l'œil. Pendant qu'il quittait la Cingle dans son kayak, elle s'était vidée de son sang dans la boue. Camille vient de sortir du coma. Yvain est en prison, en attente de son procès. Jusqu'à ce qu'il apprenne ça : le matin même, une dizaine de militants, de près ou de loin liés à la Cingle, ont été interpellés. Inquiet, il avertit Silvio :

– Demain, peut-être, les keufs viendront me chercher. Tu me réveilleras et je sortirai pour me rendre. Je veux pas qu'ils me surprennent dans mon sommeil. Ça me fait peur.

Le lendemain, Silvio ne le réveille pas.

Jérôme se lève à midi. Boit du café froid face à Silvio qui fait, comme Loup, repas de pain rassis et de croûtes de fromage. La police ne vient pas le surlendemain non plus. Tout comme le jour d'après. Une semaine passe et Jérôme n'a pas été arrêté. Même la police m'oublie, dit-il à Loup qui ne répond rien, parce que c'est un chien.

Durant cette semaine, il a appris des choses sur la vie de Camille, dans les quelques articles publiés sur l'affaire par la journaliste qu'il avait rencontrée à la Cingle ; elle semble être la seule à empêcher ses camarades de tomber complètement dans l'oubli. Camille aurait saboté des pipelines dans le Dakota et dans l'État canadien du Manitoba. Cela lui aurait valu de passer plusieurs mois dans une prison pour femmes de Winnipeg, entre 2021 et 2022. À son retour en France, elle aurait été surveillée par les services de l'État.

Regardant en arrière, Jérôme comprend. Lorsqu'il l'attendait à Venise, si Camille n'était pas venue, c'est qu'elle était en prison. C'est vrai, à son retour d'Amérique, elle ne lui avait pas écrit. À la Cingle, elle l'avait ignoré. Il reverse un peu d'eau dans son café pour digérer la vérité qui s'étale, là, devant ses yeux. Camille, peut-être, n'avait pas disparu, alors. Elle était retenue.

Jérôme est mal à l'aise. Il se méfie de la journaliste. Elle était à la Cingle, mais elle n'est pas de son côté : elle fait de Camille un portrait sensationnaliste. Jérôme a l'impression qu'on fabrique une menace. Peut-être que les faits présentés sont vrais, bruts. Mais ainsi disposés, ils sont très utiles au récit antiterroriste, construisent une fiction policière. Jérôme la garde à distance. Camille n'est pas une menace : elle sort à peine du coma, au bout d'une vie dont il sait qu'elle a été marquée par l'acharnement des keufs. Elle est un moineau qu'on essaie de faire passer pour un dragon.

Tandis que Camille fait ses premiers pas dans le couloir de l'hôpital d'Arras, aidée par Nour et l'infirmière, qu'elle élabore ses premières phrases, qu'elle sort pour la première fois au soleil, sur le parking, Jérôme descend du Val et remonte aux Verrières. Nour lui a dit :

– Si tu es là, la procureure accepte que Camille soit assignée à résidence dans la maison du docteur. Mais il faut que tu attestes sur l'honneur que tu resteras là.

Jérôme a saisi la chance à la volée. Il a pris la route.

Il roule.

Descend les numéros d'autoroute à rebours, A41, A40, et bifurque avant Dijon vers l'est, sur l'A36 qui doit le conduire jusqu'à Montbéliard, et de Montbéliard aux Verrières, pour reprendre sa vie au point précis où il semble qu'il l'a arrêtée neuf ans auparavant.

Devant la maison du docteur, la rue n'est pas éclairée. Il croit se souvenir qu'autrefois, les lampadaires étaient suspendus en l'air, entre les immeubles. Il croit se souvenir de ces lunes alignées au-dessus de la chaussée jaune. Des soirs de vent où, lorsqu'il sortait fumer, elles se balançaient et faisaient clignoter la nuit.

À l'intérieur, la lumière ne fonctionne pas, peu importe.

Jérôme tâtonne. Il pénètre dans le salon et éclaire avec la lampe torche de son portable le canapé sur lequel, après la mort du docteur, il avait déposé un grand drap blanc. Il fait une couverture rêche de poussière sous laquelle Jérôme se glisse, ignorant autour de lui les fantômes cachés dans le noir. C'est bien, pense-t-il. C'est une bonne façon de terminer cette éclipse qui aura duré neuf ans. Dans le noir le plus total.

Tandis que Jérôme est en train de préparer l'arrivée de Camille, s'étant assuré que les plombs ne sauteraient plus, tandis qu'il laisse dans toute la maison circuler l'air du début d'été, éternuant dans les nuages de pollen des graminées poussant déjà dans les ruines, tandis qu'il se répète les mots qu'il pourrait dire à Camille, qu'il tente d'apaiser un peu sa colère en prodiguant à Loup des caresses qui l'exaspèrent, tandis qu'il cherche la manière la plus juste d'accueillir Camille tout en lui demandant des comptes, tandis que Jérôme l'attend, Camille, elle, doit être dans l'ambulance.

Allongée, peut-être ne voit-elle rien du paysage qui défile, la Somme, l'Oise, la Champagne et les Vosges qui ne sont que des bosses et des creux, des pavés et du goudron lisse comme un tarmac, des nids-de-poule, des accélérations et des freinages, des lignes droites et des virages. De temps en temps, peut-être regarde-t-elle le visage de Nour. Elle est là, ça, Jérôme le sait. Depuis Arras, elle accompagne Camille.

Son téléphone sonne et Jérôme roule un joint avec le shit tout sec qu'il a retrouvé dans le tiroir de son bureau d'adolescent. Il a l'odeur de poussière des épices qui traînent depuis vingt ans. Il ne fumera pas ce joint, il le roule pour le rouler, pour faire quelque chose, pour ne pas regarder le téléphone trop vite. Nour lui a écrit : On arrive bientôt.

L'ambulance est tout près, à Montbéliard, à Sochaux.

Peut-être que Nour dit à Camille : Tu ne le vois pas, mais à côté de nous, c'est le Doubs. On le remonte. Peut-être qu'elle lui montre le pointeur de son GPS avancer sur la départementale, près des anciennes usines Peugeot, près de l'ancien cinéma Lumina, près de l'ancienne bibliothèque et de l'ancienne école, l'ancienne mairie. Elles avancent, à travers cette ville où tout désormais est ancien. Bientôt Jérôme devra leur ouvrir le portail.

Mais il ne le fera pas.

Il quitte la maison du docteur et laisse tout ouvert. La porte et le portail. Camille peut rentrer. Il ne veut pas l'accueillir. Peut-être dira-t-il cela à Nour, à Camille elle-même, pour s'en expliquer : Je ne pouvais pas te laisser croire que je te retrouve à l'endroit précis où tu m'as laissé, que tu le retrouves tel qu'il était, que tu me retrouves tel que j'étais, avec le même amour et sans rancœur.

Au café de l'ancienne mairie, un groupe de clients rient en voyant un labrador regarder un dessin animé de synthèse mettant en scène les aventures d'un jeune chien noir qui lui ressemble. Jérôme est content de lui. Loup, enfin, est calme. En arrivant sur cette terrasse en face du commissariat, Loup a vu quelques policiers. Il s'est mis à trembler, à gémir.

En face de Loup, captivé, immobile comme un enfant, Jérôme se tord les doigts. Il regarde ses pieds et ceux des autres. Qui entrent. Qui sortent. Jusqu'à ce qu'on s'arrête devant lui. Elle porte des baskets blanches, celle qui est là, face à lui.

– How are you Geronimo ?

– I forget Nour how you say in English que ça va pas.

– You forgot a lot of things.

Silencieux, ils remontent le long du Doubs. Jérôme n'a pas seulement oublié comment on parle anglais.

– J'ai laissé Camille toute seule pour venir te chercher, Geronimo.

Jérôme ne sait dire en anglais qu'une chose : Sorry.

– Désolé, Nour.

Elle sourit, un peu ironique, un échange gêné qui raconte toute leur histoire de trahison, de silence et de douleur.

– C'est pas grave. Mais fais gaffe, s'il te plaît.

Il fait oui de la tête, avec un air plus triste que celui de son chien qui le suit, qui découvre des rues que Jérôme ne voit même plus, tant il les connaît. Leur souvenir a été ravivé à l'instant où il les a retrouvées.

– Comment elle va ?

– Lui demande pas ça, je suis pas sûr qu'elle pourra te répondre.

– Elle répond, parfois ?

– Elle dit des choses. Elle est très vite confuse, très vite fatiguée.

– Des choses ?

– Elle est à côté d'elle, un peu. Elle se souvient pas de grand-chose.

– De l'accident ?

– De la vie, de tout. Les médecins disent que c'est normal. Que ça va pas complètement disparaître, mais que ça s'estompera. C'est comme un brouillard posé sur tout. Les souvenirs, le langage, la conscience.

– Elle t'a parlé de moi ?

Nour ne lui répond pas. Elle ne le regarde même pas. Jérôme aimerait que Loup ne soit pas seulement un chien. Il aimerait que son regard ne soit pas captivé par le moindre pollen de pissenlit traversant l'air, le moindre éclat projeté sur un muret de béton par la montre de Nour. Il pourrait trouver dans les yeux de Loup, dans son amitié, le courage de ne pas s'enfuir. Mais Loup semble tout à coup excité par quelque chose qui n'est ni un grain de pollen ni un rai de lumière diffracté. Il court sur l'avenue de la gare et franchit comme une flèche le portail de la maison du docteur, puis la porte entrouverte ; il se rue dans l'obscurité de la maison. Jérôme sait ce qui l'a soudain aimanté. Jérôme se souvient des soirs à la Cingle. De la nuit de veille dans la tour de guet, à observer Kodama danser avec ce petit chien noir qui devait devenir, quelques heures plus tard, son compagnon à lui. Kodama qui n'était pas Kodama. Qui cachait sous sa cagoule Camille, qu'il n'était pas parvenu à reconnaître. À trente mètres, derrière une fenêtre, par sa simple odeur ou l'aura de sa présence, Loup, lui, a reconnu Camille. Il s'est jeté sur elle.

– On se connaît, petite canaille ?

Jérôme ne serait pas moins surpris d'entendre de nouveau, émise par de vraies cordes vocales, soufflée par de vrais poumons, la voix de son père ressuscité. De voir de nouveau le visage de son père, sans doute aussi abîmé par la mort que celui de Camille par la vie. Il ne le connaît pas, ce visage. Ni la couleur grise de ses cheveux tondus, ni son crâne balafré. Mais c'est bien Camille, il le sait. Non pas parce que Nour lui a dit que c'était Camille. Mais parce que Camille a des yeux. Elle relève la tête, encore un peu joyeuse d'avoir rencontré ce chien qu'elle croyait ne pas connaître. Camille n'a plus le visage de Camille. Son crâne est gonflé à la cicatrice, sa mâchoire brisée par la grenade a changé jusqu'à son sourire.

– Je suis Jérôme. Peut-être que tu te souviens de moi. Ou peut-être que tu te souviens de Geronimo. C'est moi aussi.

Non, Camille est bien Camille : elle le regarde avec les yeux de Camille.

– Je sais qui t'es, Geronimo.

Cet iris vert qui, autrefois, les jours de bataille, contaminait le blanc. Le regard bagarre aujourd'hui éteint. Défait par la violence du monde.

Au seuil du comico, Jérôme s'arrête. À ses pieds, il sent Loup qui s'agite.

– Allez-y, je vous attends là.

Près de la porte automatique, il tient par le collier Loup qui pleure en voyant Camille disparaître avec Nour dans la salle d'attente.

Quand elles sortent, Jérôme a l'impression que Camille boitille. C'est le bracelet qui la gêne, lui dit Nour. Camille le regarde, avec une moue de colère qu'il reconnaît soudain.

– Ils ont trop serré, ces fils de putes.

Peut-être que dans la colère, Camille revient. Peut-être qu'il a en face de lui, non Camille, mais son ombre, une entité autre qui garderait dans son obscurité quelques morceaux dispersés de Camille. Il resterait les yeux, la colère et d'autres choses que la patience seule permettra d'éclairer. Il lui faudra arpenter cette ombre, en dessiner les contours. Peut-être qu'alors, il reconnaîtra Camille. Que Camille se reconnaîtra elle-même.

– C'est pas vraiment Camille, Nour. Je sais pas comment te dire. C'est comme quand on avait vu la statue en cire de Zidane, tu te souviens ? T'avais dit : Ça me fait bader, c'est Zidane et en même temps c'est pas Zidane.

Nour a les yeux fixés sur son téléphone.

– Zidane ?

– C'est con, un peu, je sais.

– Oui.

Elle les relève soudain, les pose dans ceux de Jérôme comme on regarde la chose la plus étrange et grotesque du monde.

– Désolé, Nour.

Nour se gratte le coin de la paupière, cachant, dans le prétexte d'une poussière, qu'elle hausse les yeux vers le ciel de juin, le ciel noir de la ruine.

– Je vais repartir demain. T'as bien noté ?

Le ciel, Jérôme aussi le regarde. Couché sur le toit de la maison à côté de Nour, il ne fait rien d'autre que regarder le ciel. Il attend le moment où il pourra commencer à fumer, ôter de sa tête le sentiment de malaise qui le prend quand autour de lui gravite le spectre de Camille. Il est monté sur le toit il y a quelques minutes juste pour ça, fumer le vieux joint roulé avec le shit du fin fond du tiroir de son bureau. Camille s'était endormie. Nour, qui travaillait sur la table du salon où elle a étalé plus de dossiers que n'en avait laissé, à sa mort, le docteur, avait accepté de monter aussi. Il ne s'y attendait pas. Elle a grimpé avec lui dans le réduit couvert de laine isolante, ce trésor de poussière construit sous les combles. S'est glissée après lui par le Velux.

– Eh oh, t'es là, Jérôme ?

Il secoue sa tête.

– Demain je pars. J'ai besoin que tu restes avec Camille, d'accord ?

– D'accord.

– Je peux te faire confiance ?

Le peut-elle ? Jérôme voudrait lui dire à toi de voir. Il ne dit rien, lissant les contours du joint avec ses doigts. Il regarde la ruine en face. Il songe qu'il aimerait bien rouler la vie bien droit comme il roule bien droit les joints.

– Ça ira, Jérôme ?

– Ça ira. C'est pas facile, mais ça ira.

Il ignore comment faire, mais il le répète à Nour : Ça ira. Elle ne le croit pas, bien sûr. Elle le fixe de ses grands yeux. Elle ne le croit pas, mais que pourrait-elle faire d'autre ? Elle le laisse parler. Elle le laisse dire que ça ira, même si ce n'est pas facile. Camille, elle lui a brisé le cœur. Neuf ans sans un mot. Et depuis qu'il sait qu'elle l'a ignoré à la Cingle, son cœur, il est tout piétiné. Maintenant il doit l'aider, il doit passer l'éponge, dit-il. Parce que ce n'est pas vraiment Camille, en fait. C'est quelqu'un d'autre. Avant de la voir si faible, il voulait lui dire beaucoup de choses qu'il ne pourra plus dire à personne, désormais. Ces choses, Nour ne veut pas les entendre. C'est tout ce qu'elle lui dit. Pourtant, toujours, Jérôme parle.

– Je sais pas si je lui pardonne, mais ça ira.

– On pardonne pas aux femmes qui partent, Jérôme. On pardonne qu'aux hommes. Y a toujours un moment où on se retrouve avec eux, sur le toit d'une maison vide, à devoir les écouter sans même qu'ils aient demandé pardon.

– Pardon, Nour.

Jérôme la regarde de nouveau. Même là, assise sur le toit

de la maison du docteur, où ils avaient parfois cherché, lorsqu'ils étaient amoureux, un peu de solitude, loin d'Yvain, de Camille et du docteur, Nour semble être prête à le frapper à chaque mot qu'il articule.

– Vas-y, passe-moi ça.

Nour lui rend le joint aussitôt qu'elle l'a allumé en toussant.

– C'est pas fumable, ça, putain.

– Ça a traîné dix ans. Comme moi.

Jérôme tente un sourire qu'il sait ridicule sur son visage bouffi. Se voir ainsi en pensée lui serre le cœur.

Quand le téléphone sonne, que retentit loin en bas cette vieille sonnerie usée, Nour et Jérôme ne réagissent pas tout de suite. Ils pourraient se laisser surprendre, se sentir revenus dans le passé et laisser le docteur répondre. Quand ils dévalent l'escalier, le téléphone a cessé de sonner.

Nour dit : C'est une maison hantée, et elle a raison.

Elle n'attend pas devant le téléphone que vienne le deuxième appel. Cet été est froid, c'est l'été des Verrières, une Finlande perpétuelle sans les aurores boréales. Il n'y a ici que la sombre et pleine nuit de la ruine. Elle monte dans la chambre de Jérôme qu'elle a connue comme celle de Geronimo. Elle prend dans son placard un sweat à capuche noir, il n'y a que ça. Elle dit : Ça sent la poussière. Jérôme entend : Ça sent moi, mon odeur figée là, l'odeur de mon image, elle hante la maison hantée. Assise sur le drap blanc froissé du canapé en velours, Nour est comme un oiseau dans le nid d'un autre.

– Tu te souviens, Geronimo, de ce que tu avais dit quand je t'avais fait remarquer que t'avais que des habits noirs ?

– Le sweat à capuche noir est le plus grand cadeau qui ait été fait par le capitalisme à l'humanité, le meilleur outil pour son abolition. N'importe quoi.

Le sweat à capuche noir, depuis toujours, Geronimo le portait. Il n'était qu'un vêtement, mais pour Geronimo, le sweat à capuche noir était un talisman, il avait des propriétés magiques : quand il mettait, comme Camille, un sweat à capuche noir, il avait l'impression d'avoir sa force. Il avait vu Camille se déshabiller et, torse nu sur le boulevard du Montparnasse, enfiler son T-shirt noir sur la tête et le nouer derrière son crâne, avant de renfiler le sweat à capuche noir. La cagoule était le prolongement du sweat à capuche noir. Elle l'enfilait pour se mêler à la foule, être de la marée noire qui fait face, qui tient la ligne, qui amène l'État au point de rupture où il révèle sa violence. Elle disait : On pose les bonnes bases à la discussion. Elle enfilait la cagoule pour se protéger aussi des caméras de surveillance, des keufs en civil. Rester anonyme, c'était rester protégée. Rester protégée, c'était rester utile. Que serait la lutte lorsque tout le monde serait surveillé, fiché ? Ce qu'elle est aujourd'hui, sans doute. Des jeunes militants traqués pour des signes extérieurs de révolte, pour avoir fait ce qui, moins de quarante ans auparavant, était la moindre des choses. Contraints d'entrer dans la clandestinité, de s'effacer du monde pour au moins le changer un peu dans ces marges où vivent les derniers humains et les derniers oiseaux et les derniers insectes. Où le béton fait fissure. Nour s'endort et Jérôme songe : le visage de Camille a été détruit pour avoir porté une cagoule.

Au matin, son sweat à capuche noir, Nour le porte toujours. Elle regarde Camille dormir. La lucarne de sa chambre dessine sur le plancher un ovale de lumière au milieu duquel Loup est allongé. Le museau contre la poussière, les yeux levés vers Jérôme et Nour, mais le corps bien immobile, veillant sur le sommeil de Camille. Après avoir descendu l'escalier d'un pas lent qui prolonge malgré lui les grincements du vieux bois, Nour sort de la maison ; Jérôme la retient. Il a dans la main l'enveloppe.

– C'est quelque chose qu'Yvain m'a demandé de prendre en partant de la Cingle.

L'enveloppe sous le bras, sans un mot, Nour s'en va. Si le fantôme de Geronimo se présentait là, dans le hall vide de la maison du docteur, quelques secondes, sans doute regarderait-il Jérôme avec une moue qui dit : Elle t'en veut et c'est mérité.

Il faut imaginer Jérôme qui fait le café devant Camille mutique, dans l'antique cuisine du docteur. Il faut imaginer Jérôme boire le café dans la tasse en émail blanc tout en regardant Camille qui boit le sien, assise dans le petit jardin du docteur, entre toutes ces fleurs violettes de friches qui font des colonies de papillons. Il faut imaginer ces deux êtres foutus qui habitent leur pays de silence ; ils n'en ont plus d'autre. Il faut imaginer Jérôme qui regarde Camille jusqu'à ce qu'elle remonte dormir. Il faut imaginer Jérôme qui perd sa voix à ne rien dire pendant trois jours, excepté bonjour et au revoir aux infirmières qui, deux fois dans la journée, viennent soigner Camille, s'enferment trente minutes avec elle avant de repartir. Il faut imaginer que le silence est une drogue. À la fois la source des maux de Jérôme et leur antidote. Il le met dans une certaine transe dont il lui est difficile de sortir. Il appelle à encore plus de silence. Dilate le temps. Nour lui a dit : Fais attention à elle. La mission est remplie. Immobile et silencieux, il a l'air de veiller. Mais il ne veille pas, il rêve. Il ne rêve à rien, il rêve au vide. Il fait ce à quoi il s'est entraîné au Désert. Là, il n'est plus le pathétique Jérôme, il reprend son titre de champion olympique de l'oubli. Il faut imaginer une semaine passer ainsi, deux vides qui se dévisagent. Deux silences qui s'écoutent. Jérôme l'a compris, il faut recommencer par le silence. Même si Camille avait gardé la mémoire intacte, il y aurait beaucoup trop de choses à se dire pour qu'on commence, justement, par les dire.

Il faut imaginer deux fantômes qui vivent ensemble. À vivre ainsi, Jérôme pourrait croire qu'ils en sont. Un jour dont il ne parviendrait pas à donner la date tant ici le temps est incertain, pendant que Camille fait sa sieste de la fin d'après-midi, il a l'intuition qu'il lui faudrait de l'aide pour mieux comprendre Camille dans le silence. Pour communiquer avec elle par la pensée, comme communiquent, imagine-t-il, les fantômes. Il sort de son portefeuille le buvard qui lui reste. Rim l'avait reçu d'un saisonnier italien qui, un jour, était remonté la voir ; depuis l'incendie, c'était compliqué de trouver de quoi se défoncer au Val. Jérôme entre dans le cabinet du docteur et fouille dans son sac de garde. Il en sort une trousse en cuir et un plateau en inox. Sur le bureau du docteur, il s'emploie à être le plus précis possible : il pose le demi-buvard dans le plateau en inox, le tient avec la pince à épiler et découpe soigneusement, au coin, un petit morceau qui tombe dans le plateau. Puis il range le reste du buvard dans le portefeuille derrière la carte Vitale.

Il pose le petit morceau de buvard sur sa langue.

Il attend.

Rien ne vient, à part Camille. Elle s'approche de lui en se frottant les yeux et, pour la première fois depuis des jours, s'assoit à côté de lui. Plus qu'à côté de lui, même : contre lui.

Alors il sent qu'elle existe.

Qu'elle n'est pas juste une ombre, un fantôme. Camille est Camille. Il sort de la transe dans laquelle l'avait plongé le silence. Son corps se réveille dans une sorte de molle rage de faire. Mais que pourrait-il faire avec Camille qui se tient là, à côté de lui, à caresser lentement le ventre de Loup ?

– Est-ce que tu veux aller te promener, Camille ?

Te souviens-tu, Camille, du jour où tu es arrivée aux Verrières. Des premiers pas dans les rues inconnues, avec ce petit garçon qui t'avait accueillie.

Te souviens-tu du premier matin où le docteur avait dit au petit garçon : Jérôme, montre-lui autour.

Te souviens-tu de ce parc aujourd'hui inaccessible, couvert de la poussière du bâtiment dynamité.

Te souviens-tu qu'Yvain traînait là sous l'œil de son grand frère, celui que tu appellerais bientôt comme tout le monde ici Darty.

Te souviens-tu des terrains vagues qui enserraient les Verrières comme des fortifications. Bordés par le foyer de jeunes travailleurs et la MJC, et par le centre commercial du Baladin vide déjà, plus qu'un lieu de passage pour s'abriter du soleil ou de la pluie.

Te souviens-tu, Camille, que vous vous êtes souvent abrités là de la pluie.

Te souviens-tu du temple et des bords du Doubs, du chemin jusqu'à l'ancienne mairie, celui jusqu'au comico, tu dois le connaître maintenant. Si tu ne le connais pas encore, ne t'inquiète pas, tu seras guidée.

Te souviens-tu de l'école du centre-ville. Tu n'y as passé

que quelques mois, le printemps de ton CM2. Tu avais refusé de danser pour la kermesse.

Te souviens-tu, ta situation t'avait valu beaucoup d'indulgence de la part de la directrice. Elle t'avait demandé ce que tu voulais faire et tu avais dit : Une fresque.

Te souviens-tu de la fresque. Tu vois, l'école est là. Il n'y avait pas, à l'époque, partout, ces drapeaux bleu-blanc-rouge, mais c'est là. Fais attention en grimpant par-dessus la barrière. Ne t'inquiète pas, personne n'est là, c'est dimanche.

Te souviens-tu. Ça vous avait pris toute une journée pour le peindre, ce grand arbre. Avec tes deux amis, vous aviez décidé de ce que vous vouliez faire. Tu avais dessiné les contours et vous les aviez remplis ensemble. Une fois qu'il avait été fini, il vous restait deux heures avant la sortie des classes, te souviens-tu. Les autres dansaient une chorégraphie maladroite. Alors vous aviez dessiné dans l'arbre une cabane.

Te souviens-tu, tu avais dit que vous auriez un jour, tous les trois, une cabane comme ça. Vous l'aviez construite, un jour. Plus loin, dans le bois vers le collège Courbet, te souviens-tu. Dans la clairière où poussent les sapins pour le marché de Noël. Vous la reverrez peut-être après, si vous marchez jusque-là, si tu n'es pas trop fatiguée.

Regarde en bas de l'arbre là, Camille. Regarde là où les racines font des vagues avant de s'enfoncer dans les fêlures du goudron. Il y a de la crasse. Ça fait quoi, plus de vingt ans, mais quand on gratte la crasse, on voit bien vos trois noms écrits là, regarde. Camille, Jérôme, Tony.

Mais vous feriez mieux de vous casser de là : ça bouge là-bas.

Ne cours pas, ne t'inquiète pas, le gardien était un patient du docteur, il doit se souvenir de vous, enfin s'il n'a pas changé, s'il n'est pas mort.

Te souviens-tu de ce soir où le docteur vous avait emmenés tous les deux, en pleine nuit, sur la place du marché là, en face. Elle était couverte d'une grosse couche de glace. Il avait fait des drifts avec la Volvo, te souviens-tu.

Te souviens-tu de la fête foraine qui avait lieu là pendant deux semaines entières, chaque année. Du collège qui accueillait dans votre classe les enfants des forains. Leurs parents vous distribuaient des tickets gratuits. Te souviens-tu de comment t'étais forte, putain, tellement forte au tir à la carabine que le forain t'avait dit que tu pourrais être flic et t'avais craché par terre de mépris.

– Non, ça t'invente, je suis sûre.

– Non, j'invente pas.

Camille rit en remontant l'allée bordée de grandes surfaces qui mène à la forêt près du collège Courbet. La rue monte un peu et Jérôme tente de s'assurer que Camille ne s'épuise pas. C'est peut-être lui qui est essoufflé de tant parler. Il halète, alors qu'il cherche des yeux la forêt qui n'existe plus, remplacée par un Intermarché. Qu'il regarde à travers le portail, le collège Courbet qui a été rebaptisé collège Thiers, sans doute pour faire plus républicain. Se souvient-elle, Camille, de tous les préfabriqués qui remplissaient la cour. Tout leur collège, ils l'avaient passé dans ces containers, le temps que soit rénové ce vieux bâtiment plein d'amiante. Se souvient-elle que c'est devant ce portail qu'ils avaient pour la première fois senti l'odeur du gaz lacrymogène, un jour où deux groupes d'adolescents avaient annoncé sur Facebook vouloir en découdre et où, en sortant à midi, tous les collégiens avaient été reçus par une haie de policiers. Se souvient-elle que les seuls qui avaient été embarqués n'étaient pas blancs ; ceux qui étaient les instigateurs de la bagarre, fils de cadres Peugeot vivant dans les jolies maisons de la périphérie, avaient pu rentrer chez eux sans encombre. Se souvient-elle de la longue voie de chemin de fer désaffectée qu'ils empruntaient tous les trois pour rentrer aux Verrières.

Elle ne s'en souvient pas.

Même pour Jérôme, c'est difficile. Tout a été détruit. Tout a été écrasé par les résidences construites pour les frontaliers à haut salaire. La forêt a été arrachée. Les rails désaffectés sont devenus coulée verte. La gare abandonnée a été transformée en hôtel. Se souvient-elle de la gare. Elle n'était plus qu'une coque vide devant laquelle des enfants plus vieux qu'eux attendaient tout le jour, brisant des bouteilles de bière pour sauter par-dessus les tessons. Se souvient-elle de Darty. Il est assis là, sur le quai, les pieds pendants. Il écarte les bras très larges et serre si fort Camille que Jérôme est obligé de le retenir.

– Fais gaffe un peu, quand même. Elle est pas en forme.

Sa mère aussi serre fort Camille, à l'étage du petit hôtel de la gare. Camille se souvient d'elle un peu, elle dit. Elle sait qu'elle est la mère d'Yvain mais elle est incapable de se souvenir de son nom. C'est sans doute ce nom, que Gloria lui glisse à l'oreille, qui dessine sur son visage un sourire d'enfant. Puis elle emporte Camille au fond de la chambre, où elle ouvre un placard qui contient une petite cuisine.

Jérôme se souvient bien de la cuisine de l'ancien appartement de Gloria, dans le bâtiment C. Il y allait tous les midis de tous les jours. Le vendredi souvent, une brandade dont le souvenir lui soulève le cœur. Yvain la mangeait avec un appétit que Jérôme et Camille n'ont jamais compris.

Tandis que Camille bat les œufs dans un bol sous le regard de Gloria, Darty s'assoit à côté de lui, sur le lit de sa mère. C'est sans doute d'avoir trop parlé que Jérôme se sent si fatigué d'écouter soudain. Peut-être est-ce parce que la nuit tombe en même temps que l'effet du minuscule buvard se dissipe, laissant sa capacité de concentration revenir à son niveau normal, son niveau nul, son niveau de tortue contemplative qui ne se réveille que de temps en temps pour mordre une feuille de salade ou une cheville. Jérôme entend Darty derrière sa fatigue lui raconter qu'il est revenu pour aider sa mère. Lorsque la destruction des Verrières a été planifiée pour construire un écoquartier, ils ont proposé une indemnité aux habitants, mais pas de solution de relogement. Alors il est revenu pour harceler la mairie.

– Ils ont peur de moi, je crois.

– Pourquoi ?

Et Darty tape ses paumes sur son torse pour montrer son corps frêle. Il a réussi à obtenir pour sa mère un relogement temporaire dans cet hôtel. Ça fait six mois maintenant.

Il cherche quelque chose pour elle, avec sa sœur. S'en souvient-il, Jérôme, de sa sœur ?

– Non.

– Personne se souvient de rien dans ta famille.

– T'as raison.

Bref, sa sœur quoi, mais elle ne veut pas qu'il habite chez elle. Alors il squatte dans l'ancien stade Bonal, à Sochaux. Il est vide depuis que le club a fait faillite.

– J'arrive pas à trouver un travail avec mon CV, alors pas d'appartement non plus. Ils appellent ça la réinsertion, te laisser dans la rue pour te tester, te pousser à la connerie, mais moi j'aide ma mère, hein maman je t'aide.

Gloria lève les bras au ciel et Camille rit.

– La réinsertion ?

– Mon frère t'a pas raconté ?

Yvain ne lui a pas raconté, non, que son frère avait utilisé sa double nationalité franco-suisse pour louer un appartement dans le Val-de-Travers. Qu'il y avait stocké des pains de cocaïne qui passaient le chemin des contrebandiers depuis Pontarlier et qu'il s'était fait prendre. Qu'il a pris pour ça un bon tarif : cinq ans dans une prison près de Zurich où il a appris l'allemand et le désir de la vie rangée. Darty fait un brusque mouvement, un geste qui ressemble vaguement à du karaté, un coup de poing droit dans le vide, comme une ponctuation à son récit.

– Achtung. Ça veut dire attention. Achtung mein Freund. Attention, mon poto. Il t'a pas dit, mon frère, que son frère c'est un bandit ?

– Ça fait neuf ans qu'on se parle pas.

À la tête qu'il fait, Jérôme croit comprendre qu'il l'ignorait. Yvain voyait peu sa famille, depuis toujours. Savent-ils seulement qu'il est en prison ? Il faudrait à Jérôme, pour poser cette question, des ressources qu'il n'a pas. Il lui semble qu'il a dit assez de mots aujourd'hui pour le restant de sa vie. Plus un mot maintenant. Juste manger l'omelette servie dans une assiette en carton.

– Elle fait bien l'omelette.

Gloria a raison, Camille fait bien l'omelette. Jérôme lui répète ça deux fois.

– Elle a compris, je crois.

Jérôme baisse les yeux. La moquerie de Darty le rend un peu honteux. Mais les yeux de Camille sont là. Le vert est là. Ils sont une échelle pour sortir des sables mouvants de la honte.

– Je vais le redire quand même. Ça fait neuf ans qu'on s'est rien dit, Camille, je peux bien te dire trois fois que ton omelette est bonne.

Les yeux de Camille se ferment. Au coin, il voit une larme couler. En évoquant cette ellipse que Camille a faite dans sa vie, Jérôme savait qu'il était plus direct qu'il n'aurait dû l'être. Il a suivi une pulsion malsaine, qu'il croyait réservée aux enfants. Le désir de faire mal à plus petit, à plus faible que soi.

Camille sèche ses larmes et Jérôme a honte.

Une vraie honte, cette fois. Pas cet effondrement dépressif après une blague un peu brutale. La honte vraiment moche.

Jérôme se dit tant mieux. Pourquoi pas la honte.

Il ne la chasse pas : il ne fera plus aucun mal à cette femme qui enfile sa veste et prend le bras de Darty pour ne pas tomber dans l'étroit escalier dépourvu de rampe. Qui pénètre avec lui dans la ruine obscure des Verrières. Cette femme dont il sait qu'elle est une amie. Pas simplement une malade dont il doit prendre soin. Sa plus grande amie depuis toujours et pour toujours.

Camille suit Darty dans l'obscurité de la ruine, et Jérôme les suit à travers un trou formé dans les gravats, comme une grotte.

– Tu te souviens, Jérôme, de cet endroit ?

Jérôme ne répond pas à Darty. Il n'ajoute pas un mot de plus à son quota épuisé. Il sait pourtant bien où ils sont, dans le parking bâti à l'intérieur de la dalle des Verrières, là où Darty vendait tout ce qu'il pouvait vendre, du pot d'échappement de MBK Booster au champignon hallucinogène. Jamais il n'aurait cru que ça tiendrait. L'architecte en lui se réveille. La dalle l'a toujours terrifié. La minéralité blanche des Verrières était assise sur ce cauchemar noir et labyrinthique. Il ne pensait pas qu'elle serait tout ce qui resterait des Verrières, son âme survivant à la destruction de son corps.

Fixant l'obscurité de la dalle préservée, Jérôme songe que Camille n'est pas comme le quartier. Sa spectralité n'est pas la même que celle des Verrières effondrées. Camille n'a pas été détruite à la dynamite. Camille est toujours bien Camille.

Elle est Camille, mais une autre Camille.

En retournant aux Verrières préparer la maison pour son arrivée, il avait songé que ce serait pour elle un retour. Mais comme l'avait dit la professeure à la fac, pour qu'Ulysse rentre à Ithaque, il aurait fallu qu'Ulysse soit encore Ulysse et qu'Ithaque soit encore Ithaque.

Jérôme regarde Camille qui clignote dans l'obscurité, éclairée par intermittence par le téléphone de Darty.

Les Verrières ne sont plus les Verrières. La maison du docteur, elle-même, n'est plus la maison du docteur. Ce n'est plus qu'une maison hantée par leurs propres fantômes. Camille est à la fois Camille et son fantôme : dans sa fragilité présente se reflète ce qu'elle fut, cette amie si grandiose que, dans son absence, Jérôme s'est lui-même perdu.

Elle s'approche en bâillant. Jérôme lui tient la main dans l'escalier glissant de poussière mouillée. Il sent comme une perle se former dans le coquillage de ses idées : aimer cette Camille-là, c'est pardonner à la Camille qui a été absente neuf ans, qui l'a ignoré à la Cingle.

Dans le hall de la maison du docteur, il ne sait pas encore bien quelle Camille le serre dans ses bras et pleure. Peu importe. Il la serre tout aussi fort. Dans son cou, une odeur de médicament et de cheveux gras.

– Je me souviens de tout, tu sais, Geronimo. Mais je m'en souviens dans le désordre. Parfois, je sais que c'est là, mais c'est quelque part, caché.

C'est ce qu'elle dit, Camille. C'est comme si chaque souvenir était un scarabée caméléon. Elle entend battre leurs ailes si fort qu'elle s'en approche. Mais toujours, ils restent invisibles.

Les griffes de Loup claquent comme une poignée de gravier tombant sur le plancher verni. Aujourd'hui, comme chaque jour après la sieste de l'après-midi, Loup suit Camille, qui dort près de lui, qui lui parle, qui le nourrit. À peine levée, elle sort le paquet de croquettes du placard en formica de la cuisine.

Quand Jérôme attrape les clés de la Volvo, Camille ouvre la bouche et échoue à parler.

Il s'assoit sur le carrelage. Attend que les mots fassent leur chemin jusqu'à ses lèvres. Il ne sait plus comment être un ami, mais attendre et se taire, ça, il sait faire. La veille un médecin est venu. Jérôme lui a demandé si c'était normal que, parfois, Camille soit comme absente à elle-même.

– Avec ce qu'elle a pris, c'est pas étonnant.

Il avait dit ça avec dans la voix un mépris terrible. Toute la soirée, Jérôme avait laissé tourner en lui ce qu'il aurait voulu dire à ce fils de pute. L'infirmière qui tous les jours passe, elle, il semble à Jérôme qu'elle considère Camille. Elle lui apporte des soins appliqués, de la douceur. Elle lui a dit : Tout ce que vous pouvez faire, c'est être là. C'est ce que fait Jérôme. Être là. Attendre que Camille parvienne à dire qu'elle aimerait aller toute seule à l'épicerie.

– Je veux essayer.

Jérôme dit oui. Pourquoi dirait-il non ? Le simple fait que Camille lui demande si elle peut sortir seule le remplit d'une triste colère contre lui-même, la position qu'il occupe. Il est un ami qui veille. Pas un maton. Il donne une heure, quand même, un lieu. Dix-sept heures ici, dans une heure. Juste avant qu'il l'accompagne au commissariat.

Il ne regarde pas Camille s'éloigner sur l'avenue de la gare. Il s'allonge sur le canapé de velours, les chaussures de marche sur l'accoudoir. Imagine Loup qui tournoie autour de Camille le long du Doubs, dans le parc de l'ancienne bibliothèque, au rayon nourriture animale de l'épicerie.

Ce chien n'est pas le sien.

Il se dit que, quand il l'a recueilli en lisière de la Cingle dévastée, il avait sans doute déjà beaucoup de loyauté envers Kodama. Mais Kodama était au sommet d'un arbre, surplombant depuis son mât de misaine la brume de lacrymo, s'accrochant là comme un ours traqué, avant d'être décrochée par une grenade et, tombée au sol, se révéler être Camille. Aujourd'hui Kodama est là, que Loup avait vue, bien avant Jérôme, sans sa cagoule.

Jérôme songe à Loup. Jérôme songe aux cagoules.

À combien une cagoule change un visage. Que la seule chose qu'il a reconnue de Camille lorsqu'elle est arrivée dans la maison du docteur, c'était ses yeux si verts. Aujourd'hui, il retrouve Camille partout, mais un peu. Un peu dans son sourire que sa mâchoire cassée dessine à peine. Un peu dans le murmure qu'est devenue sa voix. Un peu dans les mots qu'elle a, rares, mais qu'il sait être les artefacts des grands discours qui vivent dans sa tête, l'habitent comme les scarabées caméléons habitent les ruines.

Jérôme songe à Loup, aux cagoules, à Camille, et l'alarme de son téléphone sonne.

Il est dix-sept heures.

Il se redresse juste assez pour voir le chemin de gravier devant le garage. Mais personne ne pousse la barrière rouillée.

Il est dix-sept heures trente, Jérôme est dehors.

Accoudé à la barrière, il regarde son téléphone en vain : il sait que Camille n'en a pas. Mais peut-être qu'un passant qui la verrait errer l'appellerait, si elle pouvait se souvenir de son numéro. S'il ne la retrouve pas dans les quinze prochaines minutes, c'est le comico qui l'appellera.

Jérôme remonte l'avenue de la gare, alors. Aussi vite qu'il peut sans toutefois courir. Il craint qu'un homme qui court, l'air terrifié, ça ne soit suspect.

Il est dix-sept heures quarante.

La caissière de l'épicerie fait oui, oui.

– J'ai vu une jeune femme au crâne rasé avec un chien noir. Oui, oui. Elle est repartie, il y a plus d'une heure. Par là.

Par l'avenue que vient de descendre Jérôme, l'avenue de la gare qui ne mène plus à la gare, mais à l'hôtel où vit Gloria. Qui mène, surtout, après la ruine des Verrières, à la maison du docteur.

Il doit être dix-sept heures quarante-cinq, Jérôme l'ignore, il court.

Il le sait, il n'aura pas le temps de vérifier chacune des rues perpendiculaires à cette voie qui fend le centre-ville du nord au sud et court entre l'ancienne mairie et l'ancienne gare. Il craint toujours d'être vu en train de courir par des keufs. Il court le plus vite qu'il peut, pour passer le moins de temps à découvert. Il lance son corps cassé le long des ruines, se rue vers la maison du docteur, se jette sur la barrière pour l'ouvrir et, dans le garage, saute dans la Volvo.

Il roule au pas comme un homme qui voudrait montrer sa Volvo dans le centre-ville. Il sait que cela le protège ; ils sont nombreux, les frontaliers, à exposer leurs grosses voitures dans le centre, sur l'axe que Jérôme remonte en suivant une berline noire roulant aussi lentement que la sienne.

Aller. Rien.

Retour. Toujours rien.

Puis il tourne dans la première rue, remonte lentement le quartier de petits pavillons bourgeois qui était, dans son enfance, celui de l'école concurrente, un quartier de petits riches comme lui, qu'il s'était mis, pourtant, en suivant Yvain sans doute, à détester.

Ses yeux passent d'un côté à l'autre, dans chaque allée déserte ; tout le monde est au travail encore.

Il est dix-huit heures.

Jérôme finit de serpenter dans le quartier et débouche sur le rond-point face à l'hôtel de la gare. Un tour pour faire passer la conscience par-dessus l'angoisse. Deux tours. Et l'angoisse tabasse la conscience. Camille est perdue quelque part. Les keufs vont la retrouver. Trois tours. Et Nour sera en colère et elle aura raison. Elle dira à Jérôme qu'il a tout fait foirer, une fois de plus. Camille traînera quelque part en prison où elle se perdra pour toujours. Quatre tours. Camille ne sera plus jamais Camille après la prison. Ce qu'il voit ressurgir d'elle, cet un-peu-de-Camille qui grandit chaque jour sera englouti. Cinq tours. Pour toujours. Et derrière lui, ça klaxonne. Six. Ça tape contre la fenêtre.

– Ouvre-moi.

Jérôme roule si lentement que derrière lui, une queue de berlines noires s'est formée, tournant sur le rond-point comme une troupe de chenilles processionnaires. Si lentement que Darty le suit en marchant.

– Camille s'est perdue. Elle devrait déjà être au comico pour pointer. J'ai peur, mon gars.

– Faut pas avoir peur. Elle ira pas en prison, Camille, tu vas voir.

Darty prend le volant.

– Ça fait longtemps que je voulais la conduire, ta caisse.

Il démarre et quitte, avec fluidité, le rond-point.

– Regarde de ton côté, je regarde du mien.

Jérôme obéit. Il regarde de son côté. La procession de berlines noires qui s'ébranle et s'étoile à chaque sortie du rond-point. Chaque ruelle de nouveau. Chaque allée. Le Doubs est à sa droite, un frisson parcourt Jérôme. Peut-être qu'une fois encore Camille est partie. Que cette fois, elle n'a pas fait seulement ellipse dans sa vie, mais éclipse du monde. Peut-être est-elle même en train de flotter dans la rivière. Alors qu'ils passent le pont Armand-Peugeot, Jérôme observe chaque îlot de galets, chaque ombre dans le cours calme du

Doubs. Mais il n'y a rien, non. Il n'y a rien non plus dans la cour de l'école du centre-ville dont ils longent la barrière.

Devant le commissariat, trois keufs en civil et brassard grimpent dans une voiture banalisée et démarrent. Malgré eux, ils les suivent jusqu'à la place du temple, par l'avenue de la gare. Jérôme sait bien où ils vont. La nuit va commencer à tomber et depuis une heure au moins, il sent dans sa poche son téléphone vibrer. Peut-être est-ce Nour, peut-être est-ce le comico. Il ne regarde pas. Il doit regarder de son côté, lentement, les ruelles qui défilent, jusqu'à ce que Darty pile. Devant eux, les keufs se sont arrêtés, ils repartent aussitôt en faisant un large virage, laissant apparaître l'objet qu'ils évitaient : Loup, hagard.

Darty se gare pendant que Jérôme, qui s'est jeté à genoux près du chien, caresse sa tête, écoute ses plaintes, examine son corps à la recherche d'une blessure. Il semble indemne, il n'a pas été renversé. Il lance à Jérôme un regard qui lui paraît presque humain : une peur humaine. Un aboiement, et Loup court soudain. Il s'élance dans la rue Aragon, cette allée en boucle qui constituait la rue principale des Verrières avant leur destruction. Les barrières de chantier qui la fermaient ont été déplacées pour ménager une ouverture.

Jérôme se souvient des soirs ressemblant à celui-ci où, rentrant du collège Courbet, ils empruntaient cette rue et la remontaient jusqu'au bâtiment C où vivait Yvain.

Jérôme et Darty s'enfilent entre les barrières et, à la suite de Loup, parcourent cette tranchée creusée dans la poussière qu'est désormais la rue Aragon. Sur la chaussée défoncée gisent des blocs de béton, des meubles abandonnés et crevés par-dessus lesquels Loup bondit. Là où la rue fait un coude se situait le bâtiment C. Effondré, il barre complètement la rue.

C'est une montagne de ruines.

Loup la gravit comme un chamois. L'ascension est plus difficile pour Darty et Jérôme, la poussière rend les gravats glissants. Darty devance Jérôme et lui tend la main ; il est le premier à voir ce vers quoi Loup les guide.

– C'est Camille.

Dans un trou, là-haut, c'est Camille. Elle est en pleurs quand Darty l'en tire. Elle hoquette dans les bras de Darty. Il ne sait pas si ses pleurs sont de tristesse, de peur, d'égarement ou de douleur. Sans doute tout ça mêlé, c'est ce qu'est la vie de Camille désormais.

Quand Darty la dépose au sol, elle gémit. Elle a à peine mis le pied par terre qu'elle le relève.

– Tu t'es fait mal ?

Camille ne répond pas, le souffle toujours haletant, contraint par ses pleurs. Agrippée au dos de Darty, elle remonte avec lui la rue Aragon dévastée. Jérôme lui tient la main et la regarde, avec le plus d'amitié, le plus de compassion, le plus de tendresse qu'il est capable d'imprimer sur son visage. Il sait que cela, Camille le lit. Sur son visage bouffi et pathétique, Camille voit ça. Ses pleurs se calment. Sa tête repose contre l'épaule de Darty et ses yeux plongent dans ceux de Jérôme, sa main serre sa main à chaque pas.

Camille s'est perdue, songe Jérôme. Elle voulait rentrer.

Sur l'avenue de la gare, elle a oublié le chemin. C'est vrai qu'elle est longue. Mais quand elle a vu apparaître l'entrée de la rue Aragon, Camille s'est souvenue de son enfance. Un chemin s'est tracé dans le terrain vague de sa mémoire. Elle a suivi la rue dévastée comme elle le faisait avec Jérôme et Yvain lorsqu'ils rentraient du collège Courbet. Elle a grimpé sur les décombres du bâtiment C, c'était la seule voie que lui ouvrait sa mémoire. C'est là qu'elle est tombée. Jérôme se demande si c'est sa mémoire ou la réalité qui tend des pièges à Camille.

Il a vite sa réponse.

Au bout de la rue, dans l'obscurité dorée du début de soirée, la façade de la maison du docteur est un tableau mouvant de lumières bleues, blanches et rouges qui dansent et clignotent.

Les keufs sont là.

Ils sortent de la voiture aussitôt que leurs trois silhouettes entrent dans le champ de leurs gyrophares. Jérôme s'avance vers eux, les mains en avant.

– Elle s'est perdue, elle s'est juste perdue, on est là, c'est bon, on est là.

Ce qu'ils hurlent alors qu'ils bondissent sur Darty et le font chuter avec Camille, Jérôme ne le comprend pas. Les aboiements de Loup et ses propres cris sont trop bruyants.

– Elle s'est pas enfuie, elle est blessée, lâchez-la putain, vous voyez bien qu'elle peut rien faire.

Jérôme ne bouge pas. Il crie et c'est tout. Il peut assister, il ne sait pas sauver. Il ne sait que rester dans cette immobilité de traître qui le saisit. À regarder sans plus rien dire Darty qui retient par le collier Loup aboyant comme jamais il n'a aboyé. Une keuf secouant Camille qui n'offre pourtant aucune résistance. Ses yeux ouverts, hagards, et sa joue qui s'érafle contre le goudron. Le genou de la keuf enfoncé dans son dos. Sa tête qui s'affaisse sur le sol, sous le poids et la pression, tenue en joue par un LBD, à moins d'un mètre de son crâne défoncé, balafré. Ses yeux qui se révulsent soudain, son corps tout entier qui lâche. Elle n'est plus qu'un poids mort alors que les keufs la traînent, menottée et inconsciente, la jettent sur la banquette arrière du SUV qui démarre presque aussitôt dans le chant terrible des gyrophares.

Dans les yeux et l'esprit de Jérôme, c'est comme si tout se rétrécissait à la dimension de l'orifice d'une paille. Il se croit défaillir. Se sent tomber à genoux. Ses rotules frappent le sol.

Au matin, Jérôme est réveillé par la porte qui claque et les gémissements de Loup.

Il se frotte les yeux. Se gratte la tête et regarde Darty, assis devant lui jambes croisées, une bouteille de cognac du docteur à la main. Peut-être n'a-t-il même pas dormi. Sans doute est-ce la prison qui a rendu Darty si stoïque.

Sur le chemin qui les ramenait à la maison du docteur, Jérôme était mutique et tremblant : la colère viendrait plus tard, mais est-il si sec qu'elle se fait encore attendre ? Ce matin, Jérôme n'est pas en colère, il n'est pas terrifié. Il est étourdi, confus. Il essaie de se donner un air, il ne sait lequel exactement, mais sans doute pas un air de Jérôme. Il n'y arrive pas. Quand Nour entre avec Camille dans le salon, il s'étire et bâille. Nour le regarde avec une sévérité qu'il ne lui a jamais connue. Il ignore ce qu'a été sa vie durant neuf ans. Comment elle s'est retrouvée avocate de deux vieux amis pris dans l'engrenage de la violence d'État. Il aimerait le savoir. Mais il a perdu le droit de lui poser des questions en partant sans lui donner de nouvelles. Il n'a plus que le droit de l'aider, d'aller faire, dans le cabinet du docteur, le lit de Camille ; elle ne peut plus monter dans les combles. Il sort les draps du placard de l'entrée et les secoue. Ils sentent le renfermé. Camille mérite mieux que ça.

Autrefois, le docteur, quand il était fatigué, respirait un mouchoir parfumé à l'eau de Cologne. Jérôme ouvre le premier tiroir du bureau. Sur une pile de mouchoirs soigneusement pliés, la bouteille d'eau de Cologne est là, elle n'a pas bougé. Sa couleur d'ambre foncée par les années. Camille regarde vers le tiroir et, Jérôme le devine, elle se souvient. Au milieu de sa tristesse et sa fatigue, elle sourit légèrement.

Elle fait signe à Jérôme de lui tendre un mouchoir. Il y verse quelques gouttes qu'elle respire, les yeux clos, pendant qu'il met sa main sur son épaule, dépose sur sa joue un autre mouchoir imbibé et nettoie délicatement l'éraflure.

– Ils t'ont pas soignée.

Camille hausse les épaules et Jérôme pose sur le bureau le mouchoir dans lequel s'est incrustée un peu de poussière noire de l'avenue de la gare. Puis sur la tempe de Camille un baiser, le premier depuis neuf ans. Ce geste le gêne un peu, il l'a fait sans y penser. Il s'écarte et tourne le dos à Camille, passe sur les draps et les couvertures le mouchoir parfumé. Puis il fait le lit bien serré, comme le lui a appris le docteur. Le drap, puis la couverture, puis le surplis du drap. L'eau de Cologne embaume l'air. Elle invoque le spectre du docteur qui, Jérôme en est sûr, viendra veiller sur les plaies de Camille, soigner ses maux. Après tout, c'était son métier avant d'être fantôme. Jérôme veille aussi. Il veille au milieu de la pièce, les mains dans les poches. Quand Nour revient avec une bassine de vêtements, elle s'arrête devant lui.

– Toi et moi, on va parler, mais après.

Camille pouffe de rire sous le mouchoir.

– Tu l'as pas vue avec les keufs. Tu vas prendre cher.

En attendant de prendre cher, Jérôme s'assoit. Il ne peut rien faire d'autre, se dit-il, qu'être le plus immobile et silencieux possible. C'est sa place dans cet étrange triangle qu'ils forment tous les trois. Il y a neuf ans, Camille a disparu de sa vie. En miettes, il a disparu de la vie de Nour. Ils se retrouvent aujourd'hui et il lui semble que parmi eux, c'est bien Nour qui a le beau rôle.

Jérôme se tait. Il attend.

Jusqu'à ce que Camille, épuisée, se couche dans le canapé-lit du docteur et s'endorme aussitôt les rideaux tirés. Jusqu'à ce que Darty débarque dans le salon, cafetière italienne et tasses à la main. Qu'il serve trois cafés sur la petite table en marbre, verse un peu du cognac du docteur dans le sien. Que Nour s'assoie comme un vieil homme politique dans le fauteuil du docteur, avec un soupir si long qu'elle paraît se vider de tout son air.

– Je sais pas qui t'es toi, mais merci.

– Je te présente le frère d'Yvain.

Nour marque un temps d'arrêt.

– Il lui ressemble vraiment pas.

Darty prend le compliment.

– Il sait que son frère est en prison ?

À la tête qu'il fait, ils comprennent bien que non, il ne sait pas.

– Tu lui as rien dit, Jérôme ?

Elle s'assoit près de Darty, pose sa main sur son genou.

– Tu veux que je te raconte ce qui se passe ?

Darty acquiesce, la mâchoire serrée. Nour déroule alors

un récit que Jérôme n'avait jamais entendu sous cet angle. À la Cingle, une femme est morte. Elle a été tuée par balle. C'est un meurtre. Mais la gendarmerie a refusé de faire ce qu'il fallait pour identifier le tireur.

– Ils sont très durs avec Yvain.

Pour Nour, c'est un contre-feu, une diversion : être dur avec Yvain, c'est pour ne pas avoir à mettre en cause les keufs. Mais elle a une piste pour l'aider, les papiers que lui a donnés Jérôme. Il s'agit de tous les courriers qu'Yvain a échangés avec la région, des documents qui attestent qu'il occupait légalement sa ferme à la Cingle avant l'assaut.

– J'ai cherché dans les archives de la région, tous ces échanges ont disparu. Ils ont été supprimés.

Prouver ça offre une petite chance. Elle espère toutefois que ce qui vient de se produire par la faute de Jérôme qui n'a pas veillé sur Camille ne va pas tout compromettre. Car ils ont été durs avec Yvain, mais cléments avec Camille.

– Dans des affaires similaires, généralement, depuis un an ou deux, les gens comme elle sont internés en attente du procès.

C'est une violence terrible. Nour, c'est surtout contre cette violence-là qu'elle s'est battue. C'est ce destin-là qu'elle a réussi pour l'instant à éviter à Camille.

– Je ferai ce que je peux pour sortir Yvain de prison et éviter à Camille d'y entrer. Mais je dois être honnête avec toi, je sais pas si j'y arriverai.

En retour, Darty ne dit rien. Il remue son verre de cognac, formant, avec de lents mouvements de son avant-bras, un tourbillon doré. Puis il le descend d'un trait, avant de quitter la pièce.

La nuit tombe quand arrive le médecin. Depuis midi, Jérôme tentait de le faire venir. Il ne lui a pas dit que la patiente était Camille, cela ne le regardait pas. Pourtant, lorsqu'il lui a donné l'adresse, il a compté les secondes de silence avant sa réponse.

– Je viendrai après dix-neuf heures.

Il arrive à vingt-deux heures. Pendant tout l'après-midi, Camille a dormi. Lorsqu'elle s'est réveillée, elle a voulu marcher jusqu'à la cuisine. Elle a réussi. Mais à chaque pas, la douleur faisait comme un éclair sur son visage. Quand Jérôme a remonté son jogging, la cheville, sous le bracelet électronique, était bleue, enflée.

– C'est un peu enflé.

Jérôme se demande si c'est une blague : ce médecin regarde la cheville de Camille épouser les contours du bracelet électronique comme un ballon de baudruche mauve rempli d'eau. Sadique, il plonge le doigt dans l'enflure et Camille gémit.

– Ça vous fait mal.

Il presse de nouveau, comme un adolescent jouant avec son comédon.

– Je crois que ça suffit, non ?

Le médecin regarde Jérôme avec l'air de quelqu'un qui sait et devant qui on ferme sa gueule. Jérôme prie le fantôme du docteur de le punir. Mais le fantôme du docteur ne le punit pas.

– Vous pouvez faire quelque chose ?

– Je peux vous faire une ordonnance pour de la pommade. En attendant, mettez de la glace.

– C'est pas dangereux que ça gonfle sous le bracelet ?

– Ça va être désagréable. Mais si madame voulait éviter ça, elle n'avait qu'à pas se mettre dans cette situation.

– Vous voulez dire quoi ?

Nour surgit dans la pièce comme Batman, c'est ainsi que la voit soudain Jérôme. Sa sévérité sert à autre chose que de le rendre honteux, cette fois. Le médecin toussote. Assis sur la chaise de bureau du docteur, il griffonne son ordonnance.

– Vous ajoutez des antidouleurs ?

– Ce n'est pas nécessaire. Ce qu'il faut, c'est de l'immobilité, ça ne devrait pas être difficile dans sa situation, non ?

C'est nécessaire, Nour insiste. Et le médecin quitte la maison, sacoche sous le bras, sans un mot de plus. Jérôme passe un coup d'eau de Cologne sur la chaise, là où s'est posé le cul du médecin maltraitant. Nour, elle, crache par terre. Cela faisait si longtemps qu'il ne l'avait pas vue faire ça que Jérôme est pris d'un rire comme une quinte de toux, vite calmé par les sourcils levés de Nour.

– Sérieux, Jérôme ?

– Va chercher les médicaments à la pharmacie de garde, moi je m'occupe de Camille.

Quand elle s'en va, les yeux de Nour disent : Foire pas, Jérôme. Et sa voiture démarre. Jérôme s'allonge près de Camille, lui prend la main.

– T'as mal ?

– T'es con ou quoi ?

Jérôme fait claquer sa langue contre son palais et Camille l'imite.

– Faudrait m'enlever ça, en fait. Je sens plus mon pied. Il va tomber, je suis sûre.

Jérôme pousse un grand soupir et dépose sa tête sur l'oreiller, près du visage de Camille. Lève sa main qui tient la sienne, joue avec. Il ignore si Camille a entendu ce qu'a dit Nour tout à l'heure. Qu'il était possible qu'elle soit internée avant le procès. Il sait qu'il doit être des deux le plus fort, même s'il n'a jamais eu l'habitude de l'être. Être celui qui tient, pas celui qui s'enfuit. Il trouve que c'est injuste, que c'est dégueulasse, qu'à l'instant où il retrouve Camille, elle lui soit enlevée. Allongé près d'elle, tenant sa main, c'est comme si toute une décennie avait été un battement de cils. Comme si Camille n'avait jamais disparu. Comme si le ventre du docteur n'avait pas été bouffé par le cancer. Comme s'ils ne vivaient pas dans une maison hantée de la dimension du monde.

– Je suis pas un bandit, moi. Je vais pas essayer de t'enlever ton bracelet, Camille. T'as envie qu'on rejoigne Yvain en prison ?

– Les matons sont moins drôles là-bas, je suis sûr.

Elle rit.

– T'es pas maton, Geronimo. Je rigole. T'es pas un keuf, t'inquiète.

Darty a peut-être entendu le mot bandit ; il se poste dans le cadre de la porte, engloutissant à la fourchette une boîte de conserve sans doute plus vieille que lui.

– Tu vis ici, toi, maintenant ?

– Ça te pose un problème, la boiteuse ?

Non, répond Camille qui tapote le matelas pour que près d'eux, Darty s'assoie.

– J'allais sortir, t'as besoin de quelque chose ?

– Nour est allée lui acheter de quoi faire désenfler ça.

– J'ai besoin qu'on m'enlève cette merde, surtout.

– Moi je peux le faire.

Le visage de Jérôme passe de Camille à Darty et de Darty à Camille. Il ne sait pas s'ils se moquent de lui.

– Je te jure, je sais le faire.

– Arrête un peu, s'il te plaît.

– Je veux bien qu'il me montre, moi, je suis curieuse.

– Attends, je t'explique.

Il n'est pas maton, Jérôme. Mais il sait combien toucher au bracelet, ce n'est pas la chose à faire. Il n'est pas maton, non, mais il pose les deux mains sur les épaules de Darty.

– Tu t'arrêtes là.

– T'es pas drôle, Geronimo.

Il sort du cabinet, puisque Camille a raison : il n'est pas drôle.

– Je vais te chercher de la glace. On va faire ce qu'a dit l'autre connard de médecin.

Camille lutte contre la douleur et Nour en a pour encore au moins une heure avant de rapporter pommade et médicaments. Tout ce qu'ils ont, c'est des glaçons. Du moins, Jérôme l'espère. Dans le garage, il y a le grand frigo américain que le docteur s'était acheté sans prendre soin de vérifier avant s'il rentrerait dans sa cuisine ; il ne rentrait pas.

Après avoir passé deux minutes à tabasser le levier du distributeur, Jérôme se rend à l'évidence : un congélateur éteint depuis neuf ans ne produit pas de glaçons. Glissant sa main dans le mur de toile tissé par les araignées entre le condenseur et la paroi de brique du garage, il parvient à rebrancher la machine. Il faudra sans doute un peu de temps avant d'avoir des glaçons. Jérôme remonte du garage, traverse le hall, entre dans le cabinet.

Et s'immobilise.

Darty et Camille sont assis par terre, tous les deux aussi écarlates et transpirants, figés comme deux enfants qui viennent de faire une connerie qui les dépasse. Entre eux gît sur le parquet le bracelet électronique.

Jérôme fume, assis sur l'escalier devant la maison, là où il a toujours fumé. Loup couché entre ses jambes, il fume : ça l'aide à concentrer ses mains sur quelque chose. Ça l'aide à maîtriser ses tremblements.

Ça le prend souvent dans les moments cruciaux. Le tremblement est un prélude à la fuite. Mais ce soir, il ne peut pas fuir, Jérôme. Il attend. Ça fait partie du plan.

Camille est dans le cabinet, elle fait semblant de dormir. Darty est caché sous son lit.

Quand Nour arrive, Jérôme en est à sa quatrième cigarette d'affilée. Le goût dans sa bouche lui donne presque la nausée : la cigarette fait partie de son plan aussi, du tableau qu'il veut montrer. Sa voix est un peu mielleuse. De la friture dans les graves, une intonation incompréhensible quand il demande à Nour :

– Ça vaaaaa ?

Nour ne hausse qu'un de ses deux sourcils avant d'enjamber Jérôme. De toute évidence, le bracelet ôté de la cheville de Camille il y a une heure n'a pas conduit les keufs à l'appeler. Ils n'ont pas non plus défoncé la porte de la maison du docteur pour arrêter Camille. Peut-être que rien n'a été détecté, que Darty savait ce qu'il faisait, en fin de compte.

S'il pouvait laisser transparaître quoi que ce soit, Jérôme pousserait un grand cri de soulagement tant tout cela tient du miracle. Il en était certain, Darty n'avait jamais enlevé un bracelet électronique. Tout au plus avait-il vu quelqu'un faire ça, un jour, dans un film qu'il avait regardé distraitement sur l'écran de son téléphone.

– Attends attends attends, Nour.

– Quoi ?

– Passe par-derrière, Camille s'est endormie. Je lui ai donné de la glace et ça a désenflé. Elle va mieux. Désolé, t'es allée à la pharmacie pour rien.

– Non, c'est pas grave.

Jérôme ne ment qu'un peu. Une fois le bracelet enlevé, Camille a dit ressentir un soulagement. En quelques minutes déjà, la cheville avait commencé à désenfler.

– T'as une cigarette, Geronimo ?

Jérôme lui tend la sienne tandis qu'elle s'assoit près de lui, sur ce perron où ils s'étaient assis ensemble si souvent. À l'époque déjà, Jérôme se souvient, ils fumaient en silence. Ce silence était différent pourtant. C'était un choix, pas un rideau de fer tiré entre eux.

– L'autre jour, je te disais que je la reconnaissais pas, Camille.

– Oui.

– J'avais tort. Elle est là. J'ai l'impression qu'elle est de plus en plus là, en fait. Je lui pose pas de questions, je sais pas ce dont elle se souvient exactement, mais putain, elle est là.

Nour lui prend la main.

– Ça va me tuer s'ils l'internent, tu sais.

Nour serre sa main. Mais elle ne promet rien. Elle dit ce que depuis des jours elle dit. Qu'elle fera tout ce qu'il faut. Qu'elle se battra. Puis elle se lève et passe par la porte arrière pour rejoindre sa chambre à l'étage.

Jérôme attend que ses pas s'interrompent sur le seuil. Que la porte se referme dans son grincement hanté. Il se lève alors et toque à la fenêtre du cabinet.

Darty est silencieux.

Jérôme devine à peine ses pas dans le gravier. Il n'entend même pas bouger le bosquet qui sert de frontière entre le jardin du docteur et la ruine des Verrières quand il le traverse en portant Camille sur son dos.

Avant de rentrer avec Loup, Jérôme attend que Darty et Camille soient loin.

Nour dit qu'elle fera de son mieux. Qu'elle va se battre. Elle ne promet rien parce qu'elle sait que l'ennemi est un colosse. Mais Jérôme le sait bien : parfois se battre ne sert à rien, il faut s'enfuir.

Ça fait des années qu'à cette saison, par ici, il ne pleut pas une seule goutte. L'été est devenu, depuis dix ans, méditerranéen. Mais passé Nantua, la pluie a commencé à tomber. Elle ne s'est arrêtée qu'en approchant d'Annecy. Roulant vers un arc-en-ciel, la Volvo fait gicler l'eau qui stagne sur la départementale.

Loup contemple la route qui baigne presque dans le lac.

Le soleil darde quelques rayons sur les cimes au loin, il semble à Jérôme que Loup les contemple, triste comme un homme, triste comme il l'est, lui aussi, Jérôme, d'avoir vu Camille partir, sans savoir s'il la reverrait un jour. À ça il se prépare. Tirer un trait sur Camille, c'est ne pas prendre le risque de la perdre une seconde fois.

Il n'a pas fermé l'œil. Toute la nuit, dans sa chambre, il a joué avec Loup pour ne pas qu'il aboie, qu'il pleure au départ de Camille. L'aube pointait quand Loup s'est endormi, mais Jérôme, lui, a gardé les yeux ouverts. Il n'avait pourtant rien d'autre à faire que ce qu'il sait le mieux faire au monde, attendre.

Quand Nour s'est levée, elle a descendu aussi délicatement qu'elle en était capable l'escalier. Jérôme a entendu chaque fibre du bois craquer sous ses pieds. Le robinet couler. L'eau bouillir et la cafetière siffler. Puis soudain, les pieds de Nour monter en courant jusqu'à sa chambre.

Jérôme s'était préparé à suivre le plan, à jouer ce qui, aux yeux de Nour, était son rôle le plus crédible : il a fait l'idiot, le mec à qui on ne peut jamais faire confiance, qui déçoit toujours. Il a fermé les yeux et s'est lové contre Loup.

– Camille est partie, Jérôme.

Il s'est frotté le visage, se donnant la mine la plus mal réveillée possible, car il savait qu'il ne savait pas mentir.

– Tu dis quoi ?

Il a feint de ne pas comprendre pourquoi Nour était en colère. A traîné en bâillant pendant qu'elle se préparait. S'il ne bougeait pas son cul, elle partirait seule au comico ; elle était partie seule.

– Écoute, rentre chez toi, sérieux. Tu m'encombres. Si les keufs ont quelque chose à te dire, ils te trouveront chez toi.

Jérôme a fait l'idiot. Triste de devoir décevoir, une fois de plus, Nour, il est parti des Verrières aussi vite qu'il a pu. Il a repris le chemin du Désert, n'a fait aucune pause jusqu'au lac qu'il longe maintenant.

Les montagnes qui l'entourent, Jérôme les a connues autrefois vert tendre. Elles sont aujourd'hui brunes, comme les versants des monts autour du Val, couverts par le maquis brûlé, mais Jérôme aime toujours la route par ici. Depuis les Verrières, après avoir traversé la vallée du Doubs, le massif jurassien, elles annoncent le Val, la terre qui se redresse soudain, qui se réveille. Les Alpes, ce mur de poussière, là-bas tout au loin, qui émerge du smog aux beaux jours. Loup est couché contre Jérôme, il regarde, comme lui, le soleil orange disparaître du reflet diffracté du lac. Il écoute, comme lui, la pluie qui recommence à tomber, goutte à goutte, sur le pare-brise. La musique d'ascenseur que diffuse le canal info de la radio se termine en fade out. *Au sommaire de ce flash, la pénurie d'eau : huit mille communes font face à une pénurie complète, quand le Massif central fait face, lui, à des inondations suite à des pluies diluviennes.*

Jérôme sent les larmes monter. Elles humidifient ses yeux secs de fatigue. Il caresse d'une main la tête de Loup qui se débat, et se répète à voix basse qu'il a agi selon le plan. À cette heure, Camille et Darty doivent déjà être en sécurité de l'autre côté de la frontière suisse. Camille est sauve.

Depuis sa naissance, il lui semble qu'il a agi sous l'œil des autres. Souvent, qu'il fasse les choses les plus dérisoires ou prenne les décisions les plus importantes de sa vie, il imaginait que ses proches, les gens qu'il aimait le plus au monde, étaient dotés du pouvoir surnaturel de le regarder. Il agissait alors de façon qu'ils soient d'accord avec chacun de ses gestes, chacune de ses pensées. Mais aujourd'hui, il a agi seul, sous le regard de personne. Il s'est rendu invisible au jugement des autres. Yvain, comment jugerait-il ce qu'ils viennent de faire, Camille, Darty et lui ? La fuite de Camille compromettra sans doute sa libération. Mais ça n'importe pas : Yvain n'a pas le pouvoir de le juger de là où il est. Si Yvain est là, c'est comme un fantôme qui hante sa conscience. Et les fantômes, Jérôme sait les oublier.

L'essentiel, c'est que Camille soit sauve, se répète-t-il.

Un jingle annonce l'heure des infos sportives. Camille est déjà oubliée, même. À la radio, maintenant, on parle de la défaite du Paris Saint-Germain face au Racing Club de Lens. Pas un mot sur la fuite de Camille. Le sort des inculpés de la Cingle n'intéresse personne. Ils sont oubliés.

Vivre au Désert

Rim a le fusil en bandoulière. Il danse sur son dos, à chaque sursaut de sa jument alezane. Elle trotte sur le chemin et derrière elle, la jument grise de Jérôme trotte aussi. Rim dit ne plus quitter l'Étoile sans son fusil, désormais. Elle en a proposé un à Jérôme, de nouveau. Et de nouveau, il a refusé. Rim ne sort plus qu'armée, ce n'est pas la seule chose qui a changé au Val depuis que Jérôme est descendu aux Verrières.

– Les trafiquants de bois sont partout maintenant. Tout près.

Silvio lui en avait en parlé, parfois. Mais jusqu'à ce que, il y a un mois, l'un d'eux apparaisse au Désert et que Rim les lui montre en train de décimer la forêt d'aroles, il doutait un peu de leur existence.

Rim entend leurs quads, souvent, depuis l'Étoile. Une nuit, la montagne a répété l'écho de dizaines de moteurs et de cailloux remués. Elle connaissait ce bruit, elle l'avait entendu quand elle travaillait encore dans la station dans les années 2010, et que l'absence de neige conduisait à construire plus de pistes plus haut et à les enneiger artificiellement. Le bruit des pelleteuses. Les notes profondes que produit la percussion des grumes, empilées par des mâchoires d'acier. La forêt qu'on détruit derrière la crête, tout près de l'Étoile.

Pourtant, Rim n'a pas quitté l'Étoile. Elle a mis un verrou sur la porte de l'étable, a chargé le fusil et l'a posé près de son chevet.

Elle ne sait pas ce qu'il reste de la forêt d'aroles. Elle ne le saura pas aujourd'hui. Ils n'ont pas pris le chemin de crête pour ne pas être vus des trafiquants. Autour d'eux, il n'y a rien à trafiquer. Que du maquis, de la poussière et des ruines. C'est leur salut de vivre dans l'endroit le plus dévasté du coin. Là, ils sont tranquilles.

Devant, à quelques centaines de mètres, le chemin plonge. C'est la percée venteuse, le col qui descend vers la forêt. Rim s'arrête un instant.

– Tu les entends ?

Jérôme les entend, oui, la crête n'est pas très loin. Un pan de montagne les en sépare mais la roche réverbère le bruit des moteurs et des dents de fer. La jument s'agite, Jérôme sent sa trajectoire hésiter entre ses jambes.

Le chemin le plus court à partir d'ici, c'est de traverser la vallée glaciaire jusqu'au point où la langue a reculé. En fondant, la glace a ouvert une nouvelle route vers la dernière vallée avant la frontière. Mais pour l'atteindre, il faut serpenter dans l'ancien lit du glacier. Il est escarpé et instable et Jérôme espère que sa jument tiendra bon.

En haut, ce qu'il reste du glacier, couvert par les toiles de Silvio, ressemble à un nuage. Un cumulonimbus accroché à la poussière. Fixe, inatteignable, presque. Les vallées glaciaires, dans les années qui suivent le retrait des glaciers, sont un trompe-l'œil. Le fantôme du glacier semble près, peu profond. Un chamois dévale la pente et soudain, l'œil de Jérôme se fait à l'échelle. Le chamois a la taille d'une mouche.

Les juments tiennent bon.

Rim met pied à terre et sort de sa poche des sucres qu'elles attrapent dans sa main d'un coup de langue assuré. Ils sont arrivés là où le paysage se dégage. Le pierrier est comme un tremplin vers la vallée en contrebas. Le vent est si fort que si Jérôme levait ses bras en croix, il serait sûr de s'envoler et de s'écraser avant la nuit à Turin. C'est ce vent-là, le vent de la montagne vide, qui fait tourner la centaine d'éoliennes. Plus rien ne vit dans cette vallée, si ce n'est les ombres tournoyantes de leurs pales dans la lumière rasante de la fin d'après-midi. Plantées ici sans permis par un consortium, il y a trois ans, elles ont finalement été pérennisées : elles alimentent les villes tout autour, jusqu'à Annecy, Rim l'explique à Jérôme.

Elle pointe le doigt.

Au milieu des ombres, une bâtisse noire et ronde comme un grain de beauté. Juste après la frontière qu'il faut deviner, il n'y a pas de borne ici, pas de douane. C'est le restaurant d'altitude désaffecté, situé à l'arrivée des anciennes pistes de la station haute.

Jérôme donne un très léger coup de talon dans le flanc de sa jument, tirant doucement sur la bride pour garder son pas le plus lent possible sur les derniers mètres escarpés du chemin. C'est là-bas qu'ils vont. Vers Camille.

Tandis que Jérôme tentait d'endormir Loup en le saoulant de jeux et de caresses, Camille et Darty parcouraient en train les quelques kilomètres qui les séparaient de la frontière suisse. Darty connaît bien les environs de Delle. Il a souvent pratiqué la frontière à cet endroit lorsque les épidémies la fermaient. Il sait exactement où est le trou dans le grillage derrière les rails. Il sait que, passé la croix de chemin, il faut prendre à droite et qu'une trentaine de mètres après, si on regarde de près les buissons de houx en bordure du parcours vita sur lequel débouche le petit chemin caillouteux, on voit une borne marquant le tracé de la frontière. Il n'y a plus alors qu'à descendre jusqu'à la gare de Boncourt et à continuer jusqu'à Delémont.

Camille a attendu dans un café du centre-ville, ne craignant pas d'être reconnue, le bob de Darty vissé sur sa tête pour cacher une cicatrice qui aurait interrogé n'importe quel passant. Darty, lui, est monté dans un immeuble face à la gare, au-dessus d'un café nommé le Terminus. Là, au dernier étage, vit quelqu'un qui lui doit quelque chose, Jérôme ignore quoi. Il n'avait rien demandé quand, dans le cabinet du docteur, ils avaient conçu le plan avant d'aller enterrer le bracelet sous le gros pot de fleurs dans le jardin. Il est resté longtemps là-haut, Darty. Une bonne heure. Puis il a rejoint Camille et pris un rapide espresso avec elle. A parlé de quelque chose de futile. Un camouflage.

– Dépêchons-nous, chérie, on va être en retard chez ma mère.

Il l'a embrassée sur le front avant de lui tendre un bras

qu'elle a refusé. Devant le parking souterrain, pendant que s'ouvrait la porte, Darty, les mains dans les poches, regardait Camille comme un homme heureux de partir en vacances. Elle a dû au moins sourire un peu.

– Regarde, c'est un SUV, un 4 × 4.

– C'est pas un peu voyant ?

– Ça va nous aider à monter là où il nous a dit d'aller, ton frère.

Il devaient faire vite. C'est ce que leur avait dit Jérôme quand il avait indiqué à Darty et Camille le trajet précis qu'ils auraient à suivre de mémoire. Il leur fallait traverser la Suisse dans la nuit pour arriver au matin dans une station de ski déserte du canton du Valais. C'était le bout de la route. C'est là que Darty la déposerait, puis il partirait se cacher quelque part, il n'avait pas dit où. Ensuite Camille devrait grimper lentement, environ une heure, sur un chemin où jamais personne ne passe, jusqu'à ce restaurant d'altitude où Rim pénètre à cet instant.

Elle pousse la porte et braque vers le vide le canon de son fusil. Vers le vide, seulement : il n'y a rien. Il n'y a que les rais de lumière qui transpercent l'air chargé de poussière comme le soleil s'étoile à travers un nuage. Il n'y a que les pales des éoliennes dont les ombres mouvantes peuplent le self-service de spectres sifflants.

Rim n'est pas armée contre les fantômes, mais elle garde le canon braqué sur eux, alors qu'elle s'engouffre avec précaution dans l'escalier. Jérôme la suit, calant le rythme de son souffle sur celui des pas de Rim. Tout en haut est la boîte à clés.

Jérôme ne l'a jamais vue, mais c'est un secret que lui avait confié Rim : Si tu es coincé là-haut un soir, va te réfugier là-bas, j'ai aménagé un appartement dans ce vieux restaurant.

Quand Rim s'agenouille et éclaire, à la lumière d'une petite lampe torche, ce que Jérôme imagine être, derrière la plinthe en bois, la boîte à clés, il retient son souffle.

Si Darty et Camille ont bien suivi le plan, la clé n'y est plus et Camille est là. Tout ça repose sur la confiance qu'il a accordée à cet homme qu'il connaît finalement si peu. Jérôme ne veut pas la remettre en cause. Après tout, sa chance ne le quitte pas, aucun keuf n'est venu le chercher.

La clé n'est plus là. Rim s'enfonce dans l'obscurité. Leurs semelles frottent sur le carrelage. Le canon tapant à la porte produit un écho de cave.

– Geronimo ? C'est toi ?

Ça fait des jours que dans cette pièce aux volets clos, Camille n'a vu que la lueur des bougies. Dans la pénombre liquide, elle accueille Rim et Jérôme comme des camarades d'étude dans sa mansarde.

– Tout va bien ?

Camille semble hésiter. Sans doute ignore-t-elle par où débuter le récit de sa cavale. Si les keufs étaient après elle, ils l'auraient sans doute déjà retrouvée, Jérôme tente de se rassurer. Camille est là. Désormais, il faut trouver comment inventer la suite ensemble. Comment se cacher. Comment vivre au Désert.

Rim, fusil à l'épaule et mains dans les poches, dévisage Camille.

Elle sait à peu près tout d'elle. Lorsqu'il est monté à l'Étoile pour lui raconter toute l'histoire, Jérôme en a eu pour la nuit : il fallait commencer par le début. Par l'arrivée de Camille aux Verrières quand il avait dix ans. Jusqu'au lever du soleil, Rim n'avait rien dit. Lorsque le jour était venu, Jérôme avait terminé. Il était parvenu là où ils sont, là où le plan devait les faire aboutir : la cavale réussie de Camille. Et il espère, sans le lui dire, que les keufs penseront qu'elle est morte.

Rim avait dit qu'elle ne croyait pas au plan. C'est un film, elle avait dit, un genre de roman. Pourtant ils y sont bien.

Ne reste plus qu'à moucher les bougies, à les jeter dans le sac à dos avec toutes les traces du passage de Camille, les conserves et les bouteilles d'eau, les draps sales, à passer sur toutes les surfaces un coup de chiffon, à refermer la porte et cacher la clé derrière la plinthe. Ne reste plus qu'à redescendre avec Camille qui peut marcher de nouveau, boitant dans l'escalier, dans le self-service désormais plein d'une pénombre blanchâtre, toujours habitée par les fantômes technologiques projetés par les éoliennes. Ne reste plus qu'à aider Camille à monter sur la jument de Jérôme. Ne reste plus à Jérôme qu'à venir s'asseoir devant elle. Qu'à sentir dans sa nuque le souffle de Camille alors que la jument les mène, au trot, à travers la vallée dévastée, entre les rangées d'éoliennes éclairées par les lueurs mélancoliques d'une lune rousse.

Là où le maquis trace une ligne sombre commence un royaume de poussière. Elle vole tout autour. Elle emplit l'air du Val. Jérôme est face au vide. Assis près du feu dans lequel il a décidé de brûler les vêtements de Camille, dernières traces de sa fuite. Les pieds assez loin du ravin pour que la terre ne cède pas. Il longe du regard la ligne sur la montagne, en même temps qu'il longe du doigt l'arête de ses pommettes où reste un bouquet de poils. Il trempe le rasoir dans le bol d'eau ; les joues sont lisses, désormais.

Il n'a jamais eu de miroir au Désert. Il n'a jamais pensé que cela était nécessaire : il n'y a rien à voir. Il sait se raser à l'aveugle. Regarder avec le bout des doigts où persistent les traces de sa barbe. Couper les cheveux, la lame des ciseaux contre le crâne.

– T'as des vagues derrière la tête, Geronimo.

Camille passe les doigts dans ses cheveux, contre les vagues.

– À part les vagues, on est pareil.

Elle s'assoit près de lui et Loup fait autour d'eux des tourbillons. Les cheveux de Camille sont comme ceux de Jérôme, sauf que ce ne sont pas des vagues qui les traversent, mais une mince tranchée là où court la cicatrice aujourd'hui cachée. Ils portent tous les deux les mêmes pantalons de travail et le même sweat à capuche noir. Peut-être même sourient-ils du même sourire.

Au Désert, Jérôme n'a pas de miroir, mais il a Camille, maintenant. Ils se regardent l'une et l'autre. Ils sont pareils.

Étendue dans les hautes herbes toutes sèches, Camille appelle Loup en levant le bras. Elle l'attire comme elle le faisait danser le dernier soir à la Cingle avant l'assaut.

– Tu te souviens de ce soir-là, Camille ?

Elle baisse le bras brusquement et Loup accourt.

– Je me souviens même pas de ma chute, Geronimo.

Elle sourit quand Loup bondit au-dessus d'elle. Elle se redresse, lui donne une caresse pour récompense.

– Je sais pas à quel âge les chiens apprennent à voler. Mais je suis sûre qu'il y arrivera bientôt.

Et elle jette en l'air le trognon de sa pomme. Loup l'attrape et, avant d'avoir retouché le sol, il l'a déjà dévoré.

Jérôme ne posera pas plus de questions ce soir. L'air se rafraîchit et la cavale retombe. Il se lève et remue, du bout du canif, les braises et les cendres au milieu desquelles les vêtements brûlés de Camille font comme des pans de murs effondrés. Soudain, il se fige.

– C'est quoi ça ?

Au bout du pré, là où le trafiquant était apparu il y a quelques semaines, le maquis a tremblé. La main de Jérôme a saisi toute seule le coupe-chou, comme s'il était un bandit des années folles qui hurlait 22 quand les keufs se pointaient, quelque part, dans une impasse donnant sur la rue de Bagnolet. Il doit avoir l'air menaçant, marchant le coupe-chou à la main vers une ombre qui s'avère, finalement, n'être que Silvio.

– Désolé, je me rasais.

Les yeux de Silvio sont écarquillés quand il bredouille un OK plus désabusé qu'inquiet. Il est arrivé, portant un extincteur, par le chemin qui mène au Val.

– J'ai vu une fumée noire.

Depuis le grand incendie, Silvio est inquiet dès que le maquis devenu paille, l'été, brûle quelque part. Dès qu'une lumière étrange brille sur la montagne, il voit ressurgir le cauchemar qui le hante, les feux zombies.

– C'est rien, t'inquiète pas.

Et Jérôme fait signe à Silvio de venir avec lui. Traversant le pré, il referme le coupe-chou et le glisse dans sa poche. Camille regarde Silvio avec méfiance. Jérôme soupçonne qu'après son odyssée de neuf ans, elle a de bonnes raisons d'être aussi farouche. Enfouis dans un endroit inaccessible de sa mémoire, les souvenirs doivent être restés vifs dans les gestes, les réflexes, comme les muscles n'oublient jamais les blessures. Si l'obscurité naissante ne l'empêchait pas de distinguer toutes les nuances de couleur, il est en sûr, Jérôme verrait cette méfiance verdir les iris de Camille. Ils seraient fluo et éclatants, des yeux néon. Qui a-t-elle rencontré, Camille. Combien de keufs violents dont les coups ont marqué son corps. Combien de faux amis pour ne jamais quitter la cagoule. Combien d'indics, combien d'ordures pour avoir ces yeux-là. Mais Silvio n'est pas flic.

– C'est Silvio. C'est un ami.

Un vrai ami. Camille croit Jérôme sans doute, elle hoche la tête.

– Silvio, c'est Camille.

– Je sais, je l'ai reconnue.

Alors Camille regarde Jérôme, effrayée presque.

– Je t'ai connue quand t'étais petite. Comment ça va, Camille ?

Il sait ce qui lui est arrivé, ça se voit. Il a lu les journaux. Il a écouté Jérôme. Il a compris pourquoi, trois jours auparavant, Rim était allée chercher dans la remise de son restaurant une selle double, au cuir couvert de poussière. Mais il ne dit rien, il ne pose pas de questions, c'est ce qu'il a appris à faire. Jérôme sait qu'avec des habitants qui ont depuis si longtemps apprivoisé leur silence, Camille est en sécurité : personne ne parlera ici. Si les keufs arrivent jusque-là, ce sera en reniflant une piste déjà balayée par le vent. Silvio ne dit rien, il reste là. À se tapoter la cuisse comme un vieux.

– C'est bien alors si ça va bien, faut faire aller, c'est le principal.

À regarder les montagnes ne devenir qu'une masse sombre dessinée par le rose du couchant.

– Bon je vais y aller.

Il pose sa main sur l'épaule de Jérôme, il l'enfonce presque. C'est un geste paternel. Et il s'en va, abandonnant à leurs pieds son sac à dos. Silvio n'a pas encore traversé le pré que déjà, Loup mord le sac. L'odeur de viande fraîche s'échappe aussitôt de la fermeture Éclair ouverte. Jérôme déplie, devant Loup qui trépigne, le papier. Un cœur de bœuf ou de mouton. Loup le dévore pendant que Jérôme enfonce sa main dans le sac à dos pour y trouver, au milieu des boîtes de conserve et des bouteilles de vin habituelles, des boîtes en carton. Elles se révèlent être, aux dernières lueurs des braises, des boîtes de bandages, d'antiseptique et de Tramadol. Mais Silvio n'est plus là. Impossible de le remercier d'avoir deviné que Camille avec ses blessures à peine guéries était ici. Il a déjà disparu derrière la bruyère.

Loup est assoupi, mais même lui ne dort pas. La chaleur est telle que dormir est difficile. Elle contraint à rester dans une inconfortable torpeur. À cette heure, la yourte est le seul endroit abrité du soleil. Aucun arbre ne pourvoit d'ombre. La toile est baignée de soleil et dehors, Jérôme pourrait croire que tout brûle. La yourte tremble pourtant, ondule au vent chaud qui jamais ne cesse.

– Tu sais pourquoi je l'ai construite comme ça ?

– Ta grosse tente ?

– C'est une yourte.

Camille ne répond pas, absorbée par sa lecture : si abîmée qu'elle soit, si défoncée, à toute heure, par des antidouleurs dont Jérôme sait qu'ils rendent la réalité nuageuse, Camille parvient à lire.

– C'est parce que si c'est pas rond, ici, il y a tellement de vent que rien tient. Avant je construisais des cabanes comme celle que tu avais à la Cingle, tu te souviens de celle-là ?

Les yeux de Camille s'arrachent du livre pour fixer ceux de Jérôme avec quelque chose comme une douce exaspération. Il sait bien qu'il lui faudrait accepter l'oubli de Camille, mais c'est comme si soudain, là, Camille revenait : la voir si présente dans le silence de la lecture fait surgir le fantôme de celle que fut Camille dans la maison du docteur. Tous les trois, avec Yvain, ils étaient au début d'une sorte de grand périple, se souvient-elle ? Elle était assignée à résidence. Ils avaient passé tout ce temps avec elle. À cette époque, elle lisait le livre qu'elle lit en ce moment, les Mémoires de Victor Serge. Ils s'étaient même nommés d'après son nom. Le groupe Victor Serge. Il semble alors qu'il a l'attention de Camille :

– Il faisait quoi, dis-moi, le groupe Victor Serge ?

– Des trucs. On avait une maison à nous.

– OK.

Camille retourne à son livre. Jérôme, un peu vexé, observe un léger moment de silence avant de se lever parce que c'est tout ce qu'il se sent de faire, là. Se lever. Il essaie d'entraîner Loup avec lui, mais il ne bouge pas, écrasé par la fatigue ou retenu par sa fidélité à Camille.

Jérôme se jette dans le soleil si puissant qu'il en est presque solide. C'est une cire qui coule sur tout. Le pré, la montagne et tout ce qui y vit, le maquis et les dernières fleurs alpines du Désert, le visage de Jérôme. Qui brûle ce qui ne s'est pas terré, comme les chamois, dans une grotte à flanc de falaise.

Jérôme se laisse brûler un moment pour faire passer son irritation. Au seuil de la yourte, son souffle est court, l'air est si chaud qu'il a l'impression d'en manquer.

Quand Camille lui prend le poignet, il se laisse tirer à l'intérieur. Elle le regarde en penchant d'un côté la tête. Camille ne s'excuse jamais. Ses yeux sont tristes, mais elle ne dit pas pardon. Elle montre son embarras. Elle fait quelque chose, parfois. Elle écoute un peu plus. Elle reste un peu plus longtemps. Elle s'assoit par terre, contre Loup, et entoure avec le seul stylo ici, le marqueur dont Jérôme se sert pour tracer sur le bois les lignes de coupe, quelque chose sur la page ouverte des mémoires de Victor Serge, et tend le livre à Jérôme. Le vers entouré dit : *L'ardent périple reprend. Le cap est de bonne espérance.*

Il sourit et corne la page.

– Je veux bien essayer de me souvenir des choses, Geronimo. Mais j'aimerais que tu arrêtes de me poser des questions comme ça, d'accord ? Les keufs aussi, ils m'ont posé des questions, tu sais.

Jérôme est d'accord. Il s'empêchera de poser des questions. Il le sait, bien qu'il ne l'avoue pas à Camille, toutes ces questions sont un prologue à d'autres, plus essentielles, des questions qu'il aimerait effacer de son esprit pour être l'ami qu'il veut être.

– Ma mémoire, Geronimo, c'est comme un pays dont j'ai perdu la carte.

Dans le jour le plus chaud vient toujours un nuage pour ombrer la toile de la yourte. Vient toujours le moment de sortir. Le jour est rendu à présent aux couleurs de la terre : fini l'or du ciel. Plus une fleur qui ne soit pas flétrie. Plus un brin d'herbe qui ne soit pas jaune. C'est au soir que le Désert devient un vrai désert, les rigoles d'eau qui maillent la tourbe sont asséchées et le bord du précipice effondré paraît être le seuil d'une cascade tarie. C'est là que Camille, Jérôme et Loup s'assoient. Ils ouvrent trois boîtes de corned-beef, qu'ils dégustent lentement au doigt, au museau, le temps de laisser la nuit venir. Camille a toujours aimé se promener la nuit, dit-elle.

– Je sais. On s'est promenés ici même, une fois, la nuit, il y a longtemps.

– Raconte-moi.

Jérôme raconte. La sortie depuis leur chambre de la maison du Val pendant que le docteur dormait. La montée par les rampes du Vaisseau, puis les prés au clair de lune. La forêt de sapins désormais disparue peuplée d'ombres mouvantes. Les moutons dans l'alpage du Désert, apparaissant et disparaissant dans le faisceau de leur lampe. Et les cris du berger. Camille se souvient, alors : ils avaient couru, dévalé ce chemin par lequel, hier, Silvio est monté. Et ils s'étaient de nouveau retrouvés sur la Piazza.

– Il y avait notre chat avec nous, Geronimo.

– C'est vrai ?

– J'avais voulu l'emmener en promenade avec nous. Il nous suivait et, quand on est redescendus, il était plus là. T'as laissé ta fenêtre ouverte pour qu'il puisse rentrer, mais il est pas revenu. Et t'as menti à ton père. T'as dit que le chat avait sauté par la fenêtre et s'était perdu. C'était pour que ton père soit pas fâché contre moi. Tu te souviens pas ?

– Non, vraiment pas.

Camille acquiesce et regarde Jérôme. Une tape virile sur son épaule.

– Toi aussi t'as perdu ta mémoire.

Jérôme songe que si Camille se souvient, c'est qu'enfin

Camille revient. Qu'elle se fraie un chemin dans le pays de sa mémoire.

– Tu sais, Camille, je crois que si tu me l'avais pas racontée, je me serais pas souvenu de l'histoire vraie. C'est comme si le mensonge m'avait fait oublier la vérité.

– C'était pas un gros mensonge.

– Non. Mais je me suis souvenu de ce mensonge comme d'un vrai souvenir. Avant, je rangeais les mensonges et les souvenirs dans des endroits différents.

Tandis que, plus haut, sur le chemin de l'Étoile, les chamois sortent, ayant senti la nuit tomber, Jérôme marque un silence. Il s'apprête à dire à Camille quelque chose qu'il n'a jamais avoué à personne. Rien de honteux. Une simple bizarrerie héritée de l'enfance qu'il ne pourrait raconter qu'à elle. Il l'aurait gardée pour lui si Camille n'était pas revenue. Il explique à Camille qu'enfant, sa mémoire, il se la représentait comme une maison, celle du docteur. Que chaque pièce, chaque tiroir avait une fonction, abritait les leçons apprises, les souvenirs heureux et les grandes peines, mais aussi les mensonges et les secrets.

– Il y avait quoi dans l'entrée, par exemple ?

– Les histoires avec toi, dans le placard. Parce que c'est là, dans l'entrée, pour la première fois de ma vie, que je t'ai vue.

Camille le regarde et caresse sa main. Il serre la sienne en retour. Ce qu'il ne lui dit pas c'est que quand elle est partie, il a tout mis dans le grenier. Il n'avait pas calculé que c'était sa chambre. Et quand Camille est revenue, elle a tout déplacé. Tout remué.

Camille, dans la nuit, s'allonge et essaie de se souvenir de la maison du docteur. Elle la parcourt, raconte sa déambulation. Ce n'est pas la vraie maison. Celle qu'ils avaient peuplée de leurs rêves avant de se lancer dans cette vingtaine qui les a fait atterrir ici, seuls et foutus, fuyards. Non. Une maison que son esprit recompose. Rien n'y est à sa place, mais Jérôme ne dit rien.

La cuisine à la place du cabinet. Le cabinet à la place du salon. Tout en haut, reste sa chambre. Celle qu'un automne de la fin des années 2000, le docteur, Camille, Jérôme et Yvain avaient repeinte. Elle y est, elle en a retrouvé le chemin dans sa mémoire.

Camille ouvre les yeux, alors. Elle regarde la nuit.

Jérôme a souvent entendu Silvio dire que dès le début du mois d'août, autrefois, le ciel du Val était gris. Le 15, il fallait commencer l'ascension dans une brume qui enveloppait les épines des épicéas de rosée. La procession redescendait de la Sainte-Mère-des-Glaces et dans la nuit suivant le banquet, la pluie tombait : c'était l'automne. Jérôme n'a jamais connu ce 16 août pluvieux. Depuis qu'il est au Désert, toujours, il a fallu attendre octobre pour voir, à peine, tomber la pluie. Si la pluie était tombée le 16 août 2023, la torche de tête aurait bien pu allumer les épines sèches d'un pin, la forêt entière n'aurait pas brûlé des jours durant, la pluie aurait tout arrêté.

Cette année est comme les autres, le 15 août approche mais aucun nuage ne vient empêcher le soleil de pilonner le Val, d'écraser le Désert.

Jérôme est dans la yourte. Il essuie sa sueur ; l'heure chaude s'étend sur toute la surface du jour. Pendant ce temps, Camille, elle, se souvient à haute voix.

– C'était la nuit et tu étais là, Geronimo. Et Yvain était là aussi.

Dans la nuit, elle les guidait dans un tunnel, sur des voies de chemin de fer. Jérôme se souvient de Malakoff.

– Y a le tunnel et c'est tout. Tu sais ce qu'on faisait dans le tunnel ?

Jérôme le sait, oui. Il raconte le départ de Camille de la Ville, son absence. La place de la République et leurs retrouvailles près d'une voiture incendiée. Combien, à Malakoff, elle lui avait fait découvrir ce qu'il tient encore pour un des endroits les plus marquants de sa vie.

– C'est une longue histoire, ça, Jérôme. Je sais pas où je vais trouver un endroit assez grand pour la ranger.

Camille ferme les yeux. Elle est sur le seuil de la maison. Elle ouvre la porte. Voilà, elle est dans le hall. Elle le traverse. Il est obscur. La salle de bains aussi : elle y entre. Il n'y a pas de baignoire, mais à la place, un grand coffre. Là, elle range ce souvenir, puis elle regarde Jérôme. Sur son visage, un sourire plus grand que ne peut le dessiner son visage blessé.

Camille joue avec Loup près de la nouvelle étable de Han, en chantier encore, mais bientôt prête à l'accueillir à son retour de chez Rim. Après une journée de travail, ils profitent de la clarté et de la fraîcheur du début de soirée. À deux, la construction a été vite achevée. Camille a appliqué une grosse couche de torchis sur la rampe de pierre face au vent pendant que Jérôme terminait le toit et les murs de bois qu'il avait commencés avant de descendre aux Verrières.

Maintenant, Camille se repose.

Jérôme, lui, est à quelques pas seulement. Il a réuni le bois qui lui reste. Tronc par tronc, planche par planche, il dispose tout sur la prairie. Il ne mesure pas, il regarde. Il voit vite ce qu'il lui faudrait pour bâtir une seconde yourte. Plus petite, peut-être, un endroit où pourrait dormir Camille. Un espace légèrement ovale, la longueur dans le sens du vent, comme se dessine l'abri de Han, pointe de flèche arrondie. Il ne lui faudrait pas plus de deux troncs. Il pourrait les débiter dans la scierie de Rim.

– Tu veux construire quoi ?

Il n'ose pas lui dire qu'il veut lui construire une maison, il ignore comment Camille réagirait ; il l'appréhende.

– Je sais pas encore. Un genre de cuisine, peut-être.

Elle le rejoint au milieu du cercle de planches et de troncs hétéroclites qui, placés a priori aléatoirement, sont en réalité disposés de façon à se déplacer dans l'espace vierge de sa pensée comme, quelques mois auparavant, à la Cingle, il avait imaginé les cabanes. Elle ferme soudain les yeux de douleur. S'assoit et pose ses deux mains sur son front. Accroupi à côté d'elle, Jérôme lui caresse le dos. Elle gobe un antidouleur avec une gorgée de vin que Jérôme devine âpre à sa grimace.

– Il fait noir aussi, et tu es là. Tu es tout seul. Enfin, il y a plein de gens autour, mais je te vois au milieu et je viens vers toi. Tu es assis sur un tas de gravats et tout autour la musique est très forte. Je me souviens. Je suis un peu honteuse, j'ai un peu peur de te revoir, comme si j'avais quelque chose à me reprocher. Je sais pas quoi. Je suis pas sûre d'avoir même su à l'époque. Je m'approche de toi avec la boule au ventre, tu vois. Et toi tu me vois venir, tu souris et tu me dis.

– Bonjour Amabié.

– Oui. Et je te dis bonjour Geronimo.

– Amabié, c'est un esprit japonais qui guérit les maladies.

– Tu sais où c'était ?

– C'était à la maison rouge. Une maison dans laquelle on a vécu tous les quatre avec Nour, pendant plusieurs années. C'était la fête qu'on a organisée quand elle a été détruite. Mais t'étais plus là depuis quelque temps. Souvent, t'étais pas là.

Camille ne l'écoute pas, il lui semble. Absorbée par la remémoration, assise au milieu des débris de bois qui dessinent au sol, dans l'air bleu, comme un cercle magique.

– Je range ça dans une grande pièce alors, si c'était notre maison. Où est-ce que j'aurais assez de tiroirs pour mettre d'autres souvenirs ? La cuisine.

C'était leur maison, oui. Jérôme ignore ce qui a pu faire ressurgir en elle l'image d'un tunnel désaffecté au sud de Paris. Maintenant celle de la maison rouge. Le pays de sa mémoire est un pays mouvant, comme le sont les sables autour d'une rivière sauvage. Un pays où les fleuves changent subitement de cours, où les montagnes se replient sur elles-mêmes comme des origamis vivants, contraignant sans cesse les routes à aller ramper ailleurs, les villes à se consteller et se reformer à d'autres endroits, sous d'autres noms.

Camille est au centre du cercle magique. Elle arpente le pays de sa mémoire. Ailleurs, elle n'entend pas le maquis, juste en bas du Désert, être remué par le passage de ce qui semble être à Jérôme plusieurs personnes. Il reste sur ses gardes. Si derrière les buissons de myrte apparaissaient là, au clair de lune, des keufs revêtus de leur armure noire, que ferait-il ? Rien sans doute.

Il ne se raconte pas d'histoires. Il ne se battrait pas. Il sait qu'il resterait là, à ne rien faire, comme sur l'avenue de la gare il y a quelque temps, comme toujours.

– Il y a une haute tour de verre et tu n'es pas là. Je te cherche et Yvain te cherche aussi. Je sais que c'est Yvain même s'il porte un bandana sur la bouche.

Les secondes passent, les buissons frémissent et Jérôme se dit : Camille doit lire dans mon esprit pour se souvenir de ça à cet instant précis. Ce moment où il a échappé de peu aux keufs allemands à Francfort, à l'instant, très précisément, où il s'apprête à en voir surgir de derrière les buissons. Ils auraient retrouvé sa trace parce que c'est comme ça que ça devait finir, de toute façon. Ici, au Désert, les keufs qui les arrêtent et lui qui ne fait rien, comme il n'avait rien fait à Francfort. Francfort une nouvelle fois, mais la chance de Geronimo en moins.

– Et puis on t'aperçoit d'un coup. Tu es au loin et tu cours en hurlant : Achtung ! Polizei !

Camille tend les bras en l'air en hurlant ces mots en allemand. Les keufs qui montaient ont sans doute été alertés par ce cri étrange. Les buissons s'arrêtent soudain de remuer. Jérôme se prépare. Camille, elle, pleure de rire, se tord par terre.

– Tu continues de courir et on voit, je te jure, on voit tout une troupe de keufs qui te courent après.

Des ombres s'échappent des buissons. La lumière du falot-tempête, posé près de Camille, les éclaire. Ce ne sont pas des keufs. Jérôme pose sa main sur l'épaule de Camille.

Il murmure : Regarde et fais pas de bruit, pas de mouvements brusques.

Camille ouvre les yeux et contemple la meute de loups qui s'est assise devant eux. Loup les observe, muet. Peut-être voit-il ressurgir, lui aussi, un souvenir. Plus ancien que sa naissance. Peut-être a-t-il, soudain, la nostalgie de la meute. Cette nostalgie se manifeste dans son silence et son immobilité.

Chaque nuit, quand ils entendront la végétation toute sèche être remuée dans le chemin en contrebas, ils n'auront plus peur : ils sauront que ce n'est rien d'autre qu'une meute de loups.

Ils s'éloignent et disparaissent dans la nuit. Loup regarde Jérôme et Camille, presque interrogateur, presque effrayé par ce qu'il vient de réaliser. L'existence de frères plus sauvages que lui. Pour le réconforter, Jérôme le prend dans ses bras. Il comprend Loup, c'est un sentiment qu'il connaît bien : il a grandi près de Camille.

Le lendemain, alors qu'ils marchent sur le chemin de l'Étoile pour aller chercher Han à l'étable et du bois de construction à la scierie, Jérôme attend Camille et Loup. Ils restent quelques dizaines de pas derrière lui. Camille cache sa douleur et sa fatigue. Se souvenir est pour elle la meilleure des distractions. Elle se retient à l'amorce de la remémoration, et une fois qu'elle a rejoint Jérôme, elle commence à parler.

– Je me suis souvenue d'un truc, Geronimo, tu vas me dire si tu t'en souviens aussi.

Jérôme sourit et reprend son chemin, regardant en même temps où il pose ses pieds et où Camille pose les siens.

Elle est endormie, dit-elle. C'est là qu'elle est réveillée par des coups sourds sur une porte. La porte éclate. Elle est à l'étage de la maison mais elle l'entend bien éclater.

– Je crois pas les avoir vus, mais je sais que c'est des keufs. Alors, c'est la porte de ma chambre qui s'ouvre et je suis aveuglée par la lumière d'une Maglite. J'entends un coup, la lumière s'écarte de mes yeux.

Elle ne voit pas grand-chose, mais elle se souvient d'Yvain, à genoux par terre devant un keuf en armure. Il a le nez en sang. Complètement pété. C'est tout ce dont elle se souvient. Après, plus rien.

– T'étais là, toi ?

Jérôme se tait, relâchant l'attention qu'il porte aux pas de Camille sur le sol enfin plat, dans la centaine de mètres qui les séparent désormais de l'Étoile. Il suit, entre les pierres et les trous du chemin, le fil d'une pensée qui, inexorablement, le ramène vers Yvain. Il n'était pas là, non. Il n'est pas là non plus alors qu'Yvain purge sa peine, dans une prison très loin d'ici. Camille se souvient de sa vie, mais Jérôme, lui, voudrait se souvenir d'Yvain.

– C'est là qu'il s'est pété le nez alors.

– Faut croire.

– Il était pas tordu comme ça avant. Je l'ai remarqué quand je suis arrivé à la Cingle. Il faut pas oublier son visage. Faut pas l'oublier. Parce que tout le monde va l'oublier.

– On va pas l'oublier, nous.

Eux non, mais Jérôme le sait, aussitôt la peine prononcée, tout le monde passera à autre chose. C'est toujours pareil. Yvain le lui avait dit : Plus personne ne parle de nous. Partout, les mouvements de rébellion sont matés dans le silence. Si nous restons attachés là-haut, le plus longtemps possible, peut-être qu'alors, on en entendra un peu parler. C'était la dernière chose à faire. Ne pas laisser se faire la destruction sans que puisse être vu son spectacle. Sans attendre d'autres résultats politiques que le simple fait de n'avoir pas été invisibles avant l'oubli. Car toujours, l'oubli vient. Toujours, les écrivains qui écrivaient des tribunes cessent d'en écrire et publient un nouveau livre : ils oublient. Ceux qui donnaient aux caisses de soutien aux interpellés cessent de donner et l'argent se tarit : ils oublient. Ceux qui venaient aux rassemblements devant les tribunaux, tiraient des feux d'artifice devant les maisons d'arrêt le jour de l'anniversaire de leur camarade enfermé, cessent de venir : ils oublient. À la fin, tout le monde oublie. Excepté ceux qui comptent les jours dans leur cellule et ceux qui les aiment assez pour éprouver chaque jour le sentiment violent de leur absence. Mais être de ceux qui attendent, ce n'est pas une consolation.

Dans la scierie de Rim, il n'y a presque plus rien. Jamais elle n'a été aussi vide. C'est qu'elle a des clients, dit-elle. Des Suisses qui n'arrêtent pas de se construire des chalets autour du lac d'Annecy et qui sont mécontents, maintenant. Il n'y a plus d'arole et ils aiment bien l'arole.

– Va savoir pourquoi, tout le monde aime l'arole. Mais ça va plus depuis que les fils de putes au-dessus ont tout détruit.

Elle est montée là-haut, un soir. À pied. Pour être sûre de ne pas être repérée du haut de sa jument. Elle s'est cachée au bout de la crête, derrière le gros caillou, et là, elle a vu l'étendue des dégâts. Le soleil se couchait, sur l'herbe sèche les souches des aroles décapités se détachaient bien.

– Il reste plus rien.

Plus rien d'autre que des tas d'épines et des grumes qu'ils ont déjà commencé à débiter, d'ailleurs. Le jour, quand le vent souffle assez, il porte jusqu'à elle le tumulte des tronçonneuses.

– Tu avais besoin de quoi exactement ?

– De ce que tu as.

Ce que Rim a, ce ne sont que quelques tasseaux épars, quelques troncs très maigres que Jérôme réunit et emporte sous le bras.

– Je suis désolée, t'es monté pour rien.

Et Rim sort de la scierie. À travers l'entrebâillement de la porte coulissante de cet ancien terminal de remontées mécaniques, il la voit contempler la crête. Et derrière, imagine-t-il, cette forêt détruite en quelques pauvres nuits. Sous ses yeux, presque. Impuissante, réduite à attendre dans sa ferme, le poing replié autour de la crosse de son fusil.

Jérôme regarde Camille regarder Rim et partir la rejoindre.

Il se demande ce qu'elles peuvent bien se raconter ces deux-là, debout l'une à côté de l'autre, contemplant la crête dans la même immobilité, mains croisées sur les reins, dans ce silence qu'elles ont en commun – même si Camille, depuis quelques jours, redevient loquace. Elles se ressemblent tant, finalement. La montagnarde et l'anarchiste. Deux vies de mystère et de rudesse qui les mènent ici, à se tenir de la même façon, dans le même silence, face au même paysage dévasté.

Jérôme n'est pas monté à l'Étoile pour rien, non. Il pousse la porte de l'étable. Dans un des derniers box au sol de béton tapissé de paille fraîche, attend Han. Il ne sait pas s'il l'attend, au fond. Si, lorsqu'il essaiera de le sortir d'ici, Han ne décidera pas de rester parce que c'est là qu'est sa vie désormais. Mais ce dont il est sûr, c'est que Han ne l'a pas oublié : les ânes n'oublient rien, eux. Son museau blanc dépasse, là-bas, posé sur la barrière du box.

Peut-être a-t-il entendu les pas de Jérôme, déjà il brait. Il retrousse ses babines sur ses dents. Jérôme a été attendu par quelqu'un.

Où plonge le chemin caillouteux, Han n'hésite pas. Il faut le retenir de se jeter sur le chemin du Désert. Rim dit qu'il est solide, qu'il peut supporter le poids d'un humain, mais qu'il faut peut-être attendre d'être sur le plat.

Camille suit à pied, et entre sa lenteur et l'enthousiasme de Han, Jérôme est sans cesse repoussé. Ça lui convient. Tendu entre le secours qu'il porte à Camille et la joie de voir gambader celui qu'il a secouru : si Jérôme n'était pas Jérôme, Han aurait été achevé d'une balle dans la tête à l'endroit même où il était tombé. Il aurait remonté sa dépouille du ravin et l'aurait enterrée au Désert. Si Jérôme n'était pas Jérôme, Camille serait à cette heure internée, pas essoufflée sur un chemin de montagne. Dans son essoufflement, elle trouve encore la force de creuser dans le chaos de ses souvenirs. Tandis qu'elle descend la petite butte rocailleuse qui sépare, comme une enclosure, l'alpage de l'Étoile et celui du Désert, elle se souvient. Elle n'est pas sur le chemin, elle est en prison. Une prison pour femmes dans une région toute plate. Autour de la cour fermée par un grillage, la plaine s'étend, immaculée, glacée. On y parle anglais et une langue qu'elle ne comprend pas. Il y a une grève ou quelque chose comme ça. Les femmes portent des parures de perles, elles scandent des slogans dans la cour et Camille ignore pourquoi elle est à l'écart d'elles. Elle les regarde se faire ramener à l'intérieur par les matons qui tirent les cheveux de l'une d'elles, la traînent par terre sur le sol glacé.

Jérôme ne se retourne pas, les yeux baissés vers ses pieds qui marchent, il tente de repérer, dans la nuit qui lisse tous les reliefs, si sur le sentier se tiennent des obstacles. Dans la nuit, le chemin entre l'Étoile et le Désert est d'opale. Han s'arrête. Jérôme s'approche et lui caresse la tête pendant que, délicatement, Camille monte sur son dos.

– Je crois que c'est plus tard.

Elle est face à la mer. Dans les dunes où ondule l'herbe grasse, qui longent comme une crête une plage mouillée reflétant le ciel gris. Elle court avec une femme dans les dunes. Elle fuit quelqu'un ou quelque chose, elle ne sait pas. Ce qu'elle sait, c'est que ses pieds se prennent dans l'herbe grasse qui fait dans le sable comme des nœuds solides, presque du fil de fer. Que son corps tombe et qu'elle mange du sable au pied de la dune. Qu'elle voit le keuf qui les poursuit tendre son flingue au bout de son bras.

– Ça fait un bruit comme t'as pas idée, Geronimo, un pistolet qui tire, un sale bruit de mort.

Han s'arrête, le cou serré par Camille dont les pleurs concluent la litanie de violences. Toute la journée, elle s'est souvenue.

Au loin, le Désert. La yourte comme une amanite poussant dans l'horizon.

Jérôme tient la main de Camille sur le chemin d'opale. Où va-t-elle ranger la violence ? Elle ne sait pas, dit-elle. Elle ne sait pas si elle a envie de la ranger quelque part.

– Tu peux la mettre sous le lit, Camille. Là où sont les monstres qui, parce qu'on les oublie, cessent un jour d'exister.

Au Désert, il ne laisse pas Camille seule. Il garde sa main dans la sienne pendant qu'il attache Han dans son abri tout neuf et qu'il remue du foin frais, plongeant tout l'avant-bras dans la mangeoire. Pendant qu'il jette dans la bouilloire quelques feuilles arrachées au thuya. Puis il s'assoit sur le plancher, guidant vers lui Camille. Il contemple ses mains : elle a les ongles noirs d'avoir trop creusé dans le pays de sa mémoire. C'est une fourmilière. Et les fourmis sont rouges et guerrières.

Rim doit avoir à peu près la taille d'un arbre. Un de ces arbres qui n'existent plus, ici, depuis l'incendie. Haute comme un arbre, perchée sur sa jument, elle porte le sweat le plus noir qui existe. Capuche sur la tête, cordelette tirée, elle avance lentement sur le chemin de l'Étoile.

Camille, buvant le café bizarre que Jérôme prépare les jours de disette en recyclant son marc, souffle la vapeur qui s'échappe de la tasse, les yeux fixés sur l'apparition. Rim est un personnage important dans le tarot du Désert. Camille annonce les batailles. Mais Rim n'annonce rien : elle est là, elle gratifie la montagne de sa présence, elle est le plus légendaire des yôkai qui la peuplent. Elle ne se présente qu'à ceux qui sont de la montagne et ils en sont, Jérôme et Camille. À leur manière de fuyards malhabiles, ils la hantent aussi. Ils y bâtissent une forteresse imaginaire, perpétuellement sous les assauts conjoints du passé qui mord et de l'avenir qui regarde tout droit, tout fixe, avec des yeux brillant comme une menace : un renard dans la nuit.

Rim descend de sa jument. Ses cheveux sont plaqués sur son visage par la capuche. Ils cachent ses yeux, mais ne cachent pas son sourire amusé quand elle tend à Camille le brownie au chocolat qu'elle lui a fait cet après-midi.

Sur le plancher, ils sont trois à racler le moule avec les doigts. S'il est si noir, le sweat de Rim, c'est parce qu'il est neuf. Jérôme le sent à l'odeur de magasin qui arrive par effluves dans l'air saturé par l'odeur du gâteau. Il se demande combien de soirs Rim descendra au Désert vêtue de vêtements neufs pour offrir un gâteau à Camille. Ou regardera muette, près de Camille muette, les cimes pelées au-dessus de l'Étoile, avant de l'inviter à aller marcher seule avec elle quelque part, dans le Val, dans le maquis, là où on peut avoir un rendez-vous avec une fille en cavale.

– J'ai quelque chose à te proposer, Jérôme.

Elle est désolée, encore, Rim, de n'avoir pas eu assez de bois pour lui. La dernière livraison, elle l'a faite à un Suisse du bord du lac qui voulait se construire une pergola. Ce qu'elle lui propose c'est ça :

– Tu l'aides à construire sa pergola, tu te fais un peu de thunes au passage et tu t'arranges pour le faire avec un peu moins de bois. Ce qui reste, tu le récupères. Un chantier à l'ancienne.

Camille lève le doigt en l'air. Marque un temps, pendant qu'elle mâche le gâteau qui dessine, autour de ses dents, un contour marron et mou.

– Ou alors, on le vole.

– Pourquoi je volerais mon client ?

– Pas ton client, non.

Camille pointe la crête derrière laquelle les contrebandiers finissent d'achever la forêt.

– On vole les voleurs.

Rim n'a pas hésité à suivre Camille, car c'est ce qu'il se produit, toujours, avec Camille. Camille lui a dit : Il faut voler les voleurs. Rim est aussitôt remontée sur sa jument pour aller voler les voleurs. Regardant à travers ses jumelles, elle est étendue sur le ventre, deux fusils croisés dans le dos. Camille est près d'elle, là, tout au bout de la crête. Jérôme ne voit, en bas, que des figurines en plastique sur un chantier en plastique. Les pick-up et les tractopelles, tout le jour, remuent la terre de cette plaine dévastée. Il n'a pas besoin de jumelles pour voir qu'il ne reste presque plus rien de la forêt d'aroles que Silvio avait protégée et qu'il avait veillée avec lui. Il a devant les yeux le vide qui s'étend jusqu'à l'autre bout de la vallée, jusqu'aux flancs pierreux de la dernière montagne avant la Suisse. Un vide qui ferait passer le champ d'éoliennes pour une forêt primaire.

Ils ne sont pas nombreux, les contrebandiers en bas. Deux ou trois, pas plus. Camille les a comptés. Combien sont-ils, le jour, à transporter la forêt après l'avoir arrachée ? Rim ne sait pas, mais elle n'en a pas vu plus d'une dizaine en même temps, chacune des fois qu'elle a rampé sur cette crête pour les observer détruire la forêt. Quelque chose comme de la rage tourne dans ses yeux. Une colère qui s'est nouée à celle de Camille.

La nuit tombe et les derniers trafiquants s'en vont, leur journée est terminée. Ils ne laissent que des grumes et des tas de branches couvertes d'épines sèches derrière eux.

Les phares arrière du pick-up sont encore comme deux

braises à l'horizon quand Rim tend à Camille un fusil, qu'elle passe en bandoulière.

Elles s'élancent vers la vallée ratissée.

Jérôme suit leurs fusils qui tintent contre leur dos comme des sonnailles. À partir de cet instant, tout se passe comme s'il contemplait le film de ses propres actions : c'est l'effet que produit la vigilance. Toujours, il a suivi Camille jusqu'au moment précis où le risque était pris, pour finalement, ne pas le prendre. Mais il ne s'expose pas simplement à la garde à vue cette fois. Être pris par des contrebandiers sans doute armés, dans un endroit où si peu de personnes passent, c'est autre chose. Leurs corps, jamais, ne seraient retrouvés.

Il se regarde débarquer dans le campement et chercher, parmi les pièces de bois, lesquelles il pourra accrocher à une des juments de Rim qui attendent en contrebas du chemin de crête. Il regarde Rim qui inspecte le camp, fusil braqué comme au restaurant d'altitude, le soir de sa première rencontre avec Camille. Il regarde Camille qui marche les épaules en avant, qui tournoie frénétiquement dans le camp. Qui, avec la crosse de son fusil, brise une vitre d'un pick-up resté là.

Jérôme croise le regard bagarre, ces yeux au blanc si vert qu'il n'avait pas revus depuis si longtemps, et il comprend.

Camille prend le bidon d'essence accroché au cul d'un tractopelle et en répand sur tout : le tractopelle et le pick-up, les grumes et les tas de branches épineuses. Camille balance une allumette et Jérôme revoit Kodama, soudain. Camille est au milieu du brasier. Les étincelles qu'expulsent les épines en craquant font autour de sa tête une auréole.

L'aura des flammes se dilue dans la nuit. Le brasier est loin maintenant, il doit se voir à des dizaines de kilomètres à la ronde. Camille marche tout devant, sur le chemin d'opale. Rim et Jérôme la suivent, calant le pas des juments sur le sien. Si Jérôme est silencieux c'est d'avoir vu Camille dans le brasier et d'avoir compris ce qu'elle était devenue lorsqu'il l'avait vue à la Cingle, dans la peau de Kodama. Il s'est souvent demandé pourquoi elle avait fait semblant de ne pas le reconnaître. Ce qu'elle disait à Yvain quand il n'était pas là. Pourquoi Yvain lui-même faisait semblant d'ignorer, devant Jérôme, que Kodama était Camille. Quelle rancœur oubliée l'avait amenée à faire ça. La réponse est peut-être plus simple qu'il ne le pensait. Jérôme était de trop à ce moment-là. Camille était, à la Cingle, toute à sa colère. Bien sûr, il y a en elle la même colère que celle de Jérôme. Une colère face à l'exploitation sans limite des humains et de la nature. Contre ceux qui, durant un demi-siècle, ont vu se succéder les catastrophes, tout en poussant plus loin encore les logiques qui y ont amené. Qui ont méthodiquement maté toutes les Camille et tous les possibles d'un autre futur. Mais cette colère-là est une idée. Il y a en Camille une autre colère qui, ce soir, est réapparue. Camille l'a rencontrée dans les couloirs de la maison de sa mémoire. Elle veut rendre douleur pour douleur à ceux qui l'ont tant d'années poursuivie, qui ont maltraité son corps, qui ont, devant ses yeux, un matin dans les dunes, tué sa camarade. Qui ont tué Aline. Qui ont emprisonné Yvain. Cette colère est devenue vengeance.

Camille ne brûlera jamais assez de pick-up. Elle ne volera jamais assez les voleurs.

Sur le seuil de la yourte, elle s'arrête et se retourne vers Rim. Elle ôte de son épaule le lourd fusil qu'elle tenait en bandoulière.

– Non, garde-le s'il te plaît, Camille.

Camille se retourne vers Jérôme. Cela fait peu de temps qu'elle est avec lui au Désert, mais elle a vu de quoi est faite sa vie. Assez pour comprendre pourquoi il refuse de garder près de lui une arme. Elle tend le fusil à l'ombre de Rim perchée sur l'ombre de sa jument, et reste là un temps, les yeux dans les siens, silencieuse.

La jument s'éloigne en trottant sur le chemin d'opale. Bientôt le jour se lèvera et Jérôme devra se lever avec lui. Il bâille en poussant la toile, mais ne se couche pas. Il s'assoit par terre. S'adosse à la fonte glacée du poêle. Camille s'assoit près de lui.

– Tu veux pas dormir ?

– Non, je veux pas être en retard demain. Je dois servir le café aux connards qui montent pour la procession, Silvio partage les bénéfices.

S'il s'étend sur son lit, il ne se réveillera pas.

– Alors je vais pas dormir non plus.

Camille ne dit rien. Il ne la regarde pas, un peu

impressionné de l'avoir vue dans une colère si puissante. Il fixe le vide droit devant lui, vers le garde-manger, pour ne pas croiser le regard bagarre. Pourtant, il le sent, Camille le regarde. Il rit, nerveux.

– Pourquoi tu me regardes comme ça ?

– Je t'en veux pas.

– Tu m'en veux pas de quoi ?

– Quand on marchait là, en redescendant. Je me suis souvenue du moment où je suis tombée.

Ça faisait longtemps qu'elle était là-haut, elle ignore combien exactement. Plusieurs jours peut-être. Elle se souvient que sa gorge était sèche et que son ventre était tordu d'inquiétude. Une crampe la lançait dans la jambe. Elle avait détaché le mousqueton qui la retenait là, pour s'étirer. C'est là que c'est arrivé. Elle en est sûre, le keuf en bas a remarqué qu'elle s'était détachée.

– J'ai vu que des étincelles. Et j'ai puis senti la cabane qui s'écroulait sous moi.

Avant le noir complet, elle a vu la corde d'escalade qui ne l'attachait plus serpenter dans l'air.

– Je me suis souvenue du dernier moment où je t'ai vu, aussi.

– Quand je t'ai aidée à monter ?

– Je me suis demandé pourquoi, quand je t'ai pris dans mes bras, j'avais l'impression que j'étais en colère contre toi. Que je t'en voulais.

Tout en marchant sur le chemin d'opale, elle avait remonté le fil de cette histoire. Traversant un territoire embrumé, elle était arrivée jusqu'à un jour, elle ne sait plus quand, où Nour et Yvain l'attendaient à l'aéroport de Roissy.

– Je revenais du Canada, je crois. Oui. J'étais en détention là-bas.

Au Canada, elle avait été accusée d'avoir passé illégalement la frontière à pied, de nuit. C'est parce qu'elle fuyait. Ça avait commencé à Fargo, en 2021. C'était l'hiver, la deuxième fois qu'elle y allait. Elle avait appris que la police de l'État était à la recherche de militants étrangers qui projetaient de saboter un pipeline. Rien n'avait eu lieu. Elle n'avait jamais entendu parler de ça et pourtant, elle avait eu peur. Elle s'était enfuie. Pour ce délit et parce que les Canadiens enquêtaient sur les accusations de sabotage, elle avait passé plusieurs mois en tôle à Winnipeg. Quand elle était rentrée en France, à la sortie de l'avion, elle avait été interrogée.

– Ils croyaient que j'étais une terroriste ou quelque chose comme ça. La routine.

Disant que c'était ça, la routine, Camille ne rit pas. Elle se souvient de combien cette routine-là était harassante. Être surveillée, sentir le discours antiterroriste remodeler chacun des événements les plus dérisoires de sa vie pour construire une fiction policière. Savoir que tout pourrait un jour être retenu contre elle.

– Alors que sérieux, avant ce soir, j'avais jamais tenu une arme, Jérôme. Tout ce que j'ai fait, c'est ne pas baisser les yeux quand je me prenais des coups dans la gueule.

C'est là que le fil de son histoire retrouve Jérôme. Elle avait demandé à Nour et Yvain de ses nouvelles. Ils n'en avaient pas.

– Ils m'ont dit que tu répondais pas à leurs messages. Que t'avais laissé Nour en plan à Londres, Yvain à Venise. Ils comprenaient pas pourquoi. J'ai pris le téléphone d'Yvain et j'ai essayé de t'appeler. Jamais t'as répondu. Tu raccrochais tout de suite. Je suis retourné aux Verrières avec Yvain. On a pris la clé sous le pot de fleurs, là où on cachait le shit, tu sais.

Jérôme sait. Il fait oui de la tête. Les yeux bas vers le plancher.

– T'étais pas là. Y avait des draps sur les meubles, t'étais parti pour longtemps, ça se voyait. Yvain, il est allé demander à son frère et à sa mère s'ils t'avaient vu. Darty a dit que t'étais parti déjà, il a pas pu nous dire où. On t'a jamais retrouvé. Je sais pas ce que je me suis dit toutes ces années où t'étais pas là. Quand je t'ai revu à la Cingle, je t'en ai voulu de réapparaître, comme ça, sans rien expliquer, sans t'excuser. Mais maintenant, je t'en veux plus.

La main de Jérôme contre le plancher tremble et bouge légèrement, comme un animal apeuré. Il sent soudain les doigts de Camille l'effleurer. S'y poser, chaude.

Elle avait raison d'être en colère.

Ces derniers jours, Jérôme pensait aider Camille à se frayer un chemin dans sa mémoire. Il ne se doutait pas que c'est elle qui allait dévoiler combien la sienne était déformée par neuf ans à ressasser sa douleur d'avoir perdu père et amis si subitement. Il savait qu'il avait blessé Nour, bien sûr. Mais il croyait qu'Yvain l'avait laissé tomber, que Camille avait disparu. La vérité était tout autre. C'était lui qui les avait abandonnés. Lui qui était l'évaporé dans l'histoire.

– Je suis désolé pour le docteur, Geronimo.

Camille l'a compris. C'est bien sa mort qui l'avait conduit à toutes ces démissions. Avait fait de la vie de Jérôme ce qu'elle est aujourd'hui.

– C'était dur.

– Je sais.

– J'aurais aimé que tu sois là. Jamais j'ai été aussi seul, Camille. Je me suis enterré ici pour tout oublier et attendre que la douleur passe.

– Elle est passée ?

– Non.

Camille pose sa tête sur son épaule. Sur sa joue, Jérôme sent son crâne aux cheveux encore si courts qu'ils sont piquants. Le silence entre eux, à cet instant, Jérôme pourrait le peser. Il n'est pas lourd, comme il l'a été parfois depuis leurs retrouvailles. Il lui semble qu'il a retrouvé le poids de plume qu'il avait autrefois. Il écoute ce silence ami et, pour la première fois depuis si longtemps, il ne se sent plus seul.

Au matin d'après les flammes et le pardon, Camille dort, Loup tout contre elle, dans la pénombre. Le jour est à peine levé encore. Dans le silence qu'ils partageaient, Camille, sur l'épaule de Jérôme, s'est endormie. Il l'a portée dans son lit et ce matin, il ne la réveille pas. Ni elle, ni Loup.

Lentement, il quitte le Désert comme il s'enfuyait, autrefois. Sans même saluer Han pour ne pas le faire braire, en se cachant de lui presque. Après une telle nuit, Camille mérite son repos. Il la retrouvera ce soir, lui-même peut-être aussi épuisé qu'elle l'est maintenant, car c'est toujours ainsi après la Sainte-Mère-des-Glaces.

Dans le ciel, des nuages chargés flottent comme des astres noirs. Jérôme met la capuche de son sweat noir ; il en est sûr, il va pleuvoir. Il dévale le chemin, sa démarche est celle d'un rocher qui chute. La nuit l'a étourdi. Cette discussion, il avait évité de l'avoir avec Yvain à la Cingle. S'il l'avait eue, peut-être aurait-il compris qu'il était moins celui qui devait pardonner que celui qui devait être absous. Que sous le masque vert de Kodama se cachait Camille. Peut-être que cela n'aurait rien réglé, que dans l'urgence de la Cingle, il aurait été de trop, même pénitent. Jérôme a reçu le pardon de Camille en même temps qu'il a réalisé sa faute. À la mort de son père, il s'était coupé de ceux qu'il aimait. Il avait fabriqué son propre abandon.

S'ouvrant à peine à cette pensée, il frissonne.

Ce n'est pas le moment. Ses pas sont lourds, mais tout en lui est léger. Au Désert, avec Camille, la vie peut reprendre désormais. Maintenant qu'ils se sont souvenus ensemble. Qu'ils ont allumé ensemble les couloirs obscurs de la maison commune de leur mémoire.

La plénitude ne dure qu'un temps.

Chaque année, au matin du 15 août, il retrouve la fatigue que c'est, de voir remonter les connards du Val. Ils ne viennent qu'une fois l'an après avoir abandonné cet endroit quelques semaines seulement après l'incendie. Ils surjouent un attachement à ce qu'ils appellent leurs racines. Jérôme approche de la Piazza, descendant les rampes du Vaisseau. Il sait déjà ce qu'il va entendre, ce à quoi il n'aura pas la force de répondre. Non, tu n'as pas de racines, Christophe. Tu as des pieds chaussés de chaussures de marche neuves à cinq cents balles. Non, le glacier ne suit pas un cycle, Bastien. Il ne va pas redescendre après avoir reculé parce qu'il redescendait à l'époque de ton arrière-arrière-grand-père, cet alcoolique. Il va disparaître pour ne jamais réapparaître. Jérôme ferme ses oreilles pour être sûr de fermer sa gueule. Il traverse, les yeux bas, la Piazza, jusqu'au restaurant de Silvio.

Il n'y a que les hommes qui viennent pour la Sainte-Mère-des-Glaces. Sur les larges tables, le reste de l'année empilées, ils confectionnent leurs costumes avec des branches de pin importées des forêts de Roumanie, à défaut des aroles d'ici.

Jérôme à peine apparu, ils claquent en l'air leurs gros doigts bourgeois pour avoir un café. Silvio, une fois par an, redevient ce qu'il fut, un patron que Jérôme ne parvient pas à trouver complètement méprisable. Il est dans l'encadrement de la porte, portant pour l'occasion la blouse noire brodée du Val. Silvio dit blouse, mais c'est une robe, sa mère la portait. Il l'aime beaucoup.

– Petite nuit, mon Jérôme ?

Rim, à côté de lui, occupée à rouler une cigarette du même tabac brun que celui que Camille fume, claque sa langue contre son palais. Mimétisme de Jérôme qui tient lui-même cela de Camille ; il rit. Pas Silvio. Lui, il est pressé :

– Allez, les jeunes, bougez-vous le cul maintenant.

Jérôme n'aurait pas imaginé façon plus franche et décevante d'éteindre les flammes de cette nuit, de trancher avec la colère de Camille, que cette assemblée de notables qui nouent des cordelettes à des petites branches en parlant de leur assurance vie. Qui font des guirlandes dont ils s'entourent avant de se ceinturer de sonnailles, tout en disant qu'ils ont vendu au consortium qui exploite le champ d'éoliennes leurs parcelles abandonnées du Val. Qui comparent les prix obtenus, se coiffent de guirlandes de diodes électroluminescentes, tout en s'enquillant des petits verres d'eau-de-vie de bourgeon de sapin que Jérôme leur sert sans recevoir en retour un seul merci. Qui se rangent en file indienne sur la Piazza avant de se mettre en marche, Rim en tête sur sa jument.

Le cortège monte par le chemin le plus long vers le glacier et la Sainte-Mère-des-Glaces. Pas celui du Désert et de l'Étoile : celui qui serpente, là où, il y a dix ans, on plantait et fauchait encore du blé, on récoltait sur les pins les bourgeons pour cette eau-de-vie qui fait déjà tituber certains de ces épouvantails verts à la tête clignotante, en route vers le Vieux-Père.

Le jour de l'incendie, il y a huit ans, Jérôme avait trouvé un peu de beauté là-dedans. Mais tout ça est triste, maintenant, ce kitsch identitaire et apocalyptique ; c'est comme si on voyait le dernier homme fêter seul le dernier Noël de l'humanité devant un sapin en plastique.

C'est le milieu de la matinée, et le cortège disparaît dans les nuages accrochés à la pente. Silvio a le privilège du vieux. Il s'est levé tôt, c'est l'heure de sa sieste.

Jérôme a de quoi s'occuper. Il y a assez de patates à peler pour égrainer les heures de la journée, jusqu'au retour de la procession. Il y a assez de silence à respirer pour faire retomber le bruit de la nuit qui bourdonne encore dans son esprit. Il enlève aux patates de trop larges morceaux de peau, il les sculpte en rondins. Ainsi, il n'a pas à les énucléer comme le faisait autrefois Yvain. Chaque patate jetée dans l'évier rempli d'eau éclaircit l'image qu'il se fait désormais de son avenir. Il construirait la yourte avec les derniers troncs d'arole. Camille vivrait là. Yvain les rejoindrait. Parfois, ils quitteraient leur village pour s'évanouir quelque part, dans une forêt dont ils deviendraient les esprits protecteurs, comme Camille, appelée Kodama, protégeait les chênes, les iris et les scarabées caméléons de la Cingle. Ils creuseraient un rhizome infini de tunnels, des palais derrière les fourrés, de grandes salles communes en roseaux. Ils seraient la terre qui fait la guerre. Un certain type de guerre, celle dans laquelle s'est déjà depuis longtemps jetée Camille, jeté Yvain. Pas celle des grandes batailles, des grandes armées et des grands généraux, pas celle pour la grandeur des États, non, une guerre à tous les profits et toutes les machines, à tout ce qui bétonne et déracine, à tout ce qui creuse, à tout ce qui extrait, une guerre ayant pour champ de bataille le moindre centimètre carré de terre, d'air, de ciel, de fond marin. Où il s'agirait, pour chaque feu de l'ennemi, d'allumer un contre-feu. Une guerre qui n'aurait d'autre fin que la leur, un jour. S'ils ne mouraient pas à la guerre, ils mourraient vieux, ensemble, Camille, Yvain et Jérôme. En se racontant leurs batailles. Et, pensant à la meilleure façon qu'il aurait de mourir, Jérôme jette une centième patate dans l'eau troublée d'amidon ; il est soudain sorti de sa rêverie.

Un coup de feu.

Réverbéré par le vide terrible du Val.

Dehors, il n'y a personne. Sauf Jérôme. Seul sur la Piazza à tenter de savoir d'où il provenait, ce coup de feu. L'écho se perd. Peut-être que, là-haut dans le ciel, le vol de quelques oiseaux pourrait lui permettre de remonter jusqu'à la source du bruit, mais il n'y a plus d'oiseaux au Val depuis longtemps.

Jérôme court.

Après le Vaisseau, il lui faut s'arrêter, c'est comme si son cœur marchait devant lui. La lenteur imposée par ses muscles qui se tendent, son souffle qui s'écourte grandissent l'angoisse. Alors il se le répète : Ce n'est que Rim qui a tiré. Un loup peut-être. Il se le répète en passant près de la souche foudroyée, là où il faut prendre à gauche. En traversant le pierrier. Sur la dernière montée. Ça ne peut être que ça. C'est Rim qui vient de buter un loup. Ce n'est pas Camille, non, qui a posé la crosse sur le sol. Mis dans sa bouche le canon. Pourquoi l'aurait-elle fait après cette nuit ? Après avoir trouvé, avec Jérôme, une sortie à la violence.

Camille n'a pas pris de balle, non. Il avait raison.

Sur le pré gît Han. Dans sa tête un trou de la taille d'un poing. Dans ses orbites plus rien. Et sur la paille des grumeaux rouges.

– Camille ?

Jérôme hurle. Si Camille ne l'entend pas, Rim, plus haut, elle, comprendra. Elle accourra, laissant en haut les comptables et les architectes en costume d'arbre.

– Camille ?

Mais Camille n'est pas là, Loup non plus.

– T'es où, Camille ?

Jérôme voudrait offrir à Han une tombe. Le pleurer comme on doit pleurer un ami. Mais Jérôme ne construit pas de tombe.

Jérôme court. Il court en tous sens.

Il faudrait faire quelque chose qu'il ignore. Chercher une piste. Mais il ne sait faire que cela, courir, courir, toute pensée fondue soudain. Courir. Partout. Descendre. Jusqu'à la souche foudroyée. Tourner à droite. Là où il ne faut pas. Tourner. Dans l'inquiétude. Sentir la pluie qui tombe sur. Le crâne. Avant de la. Voir dehors. Comment ça. Glisse. Comment on attend. Là. Dans la grotte. Que la pluie. Cesse. Que le torrent remonte. Comment on. Arrache la peur là. Comme un bourdon coincé dans l'oreille la. Terreur. De soi de. Sa tête. Avec les doigts avec. Les dents. Comment faire cesser le cœur de battre dans la glotte. Comment retrouver son souffle. Comment retrouver les mots dans soi. Dans l'ordre. Comment attendre que la pluie cesse. Là, dans la grotte abrité. Avec les chamois qui se sont réfugiés, là. Comment retrouver son souffle et l'esprit pour attendre que la pluie cesse. Et sortir de la grotte où l'on s'est abrité, avec les chamois. Comment on fait pour retrouver Camille.

Là, dans la grotte. Jérôme est à l'abri. Il regarde dans les yeux les chamois qui le regardent. Eux aussi, ils se sont abrités. Ils sont calmes, eux. Jérôme respire avec eux. Bientôt la pluie cessera et il recherchera Camille. Il sortira, il prendra les chemins condamnés que Camille a sans doute pris, dans la panique, lorsque Han a été tué. Il sortira et la retrouvera.

Mais la pluie ne cesse pas.

Le rideau d'eau qui bouche l'entrée de la grotte ne cesse pas de couler. Il gagne en épaisseur. Plus dense et plus bruyant, plus chargé de terre. Il devient torrent, coulant maintenant dans la grotte. Jérôme a les pieds dans un petit étang glacé. Quand les chamois s'élancent à travers le mur d'eau, Jérôme leur fait confiance. Il le traverse avec eux. Descend avec eux le chemin devenu torrent, les rampes du Vaisseau devenues rivière, jusqu'à la Piazza couverte de nombreuses flaques nourries par le ciel qui coule de toutes les montagnes autour.

Jérôme est sur la Piazza, parmi les chamois, au fond de la cuvette du monde. Dans le ciel comme dans son esprit, la nuée.

Il ne voit pas tout de suite rôder autour, comme un loup, la voiture blanc et bleu. Il ne la voit que quand ses phares s'allument et éclairent les gouttes rebondissant au sol, voletant dans l'air comme des essaims de moustiques. Il la remarque mais ne la regarde pas : vers lui se rue la jument de Rim.

Quand, derrière le fracas du déluge, Jérôme entend s'ouvrir les portes de la voiture et la voix inconnue d'un keuf articuler son nom, il fixe ses yeux sur la jument. Il pense : Jamais je n'ai vu ça, un cheval qui galope sous la pluie.

Lorsqu'il sent sur son épaule une main, il ne se retourne pas, il regarde l'eau boueuse jetée par les sabots, pluie sur la pluie. Rim a vu ce qu'il a vu, il le comprend. Elle a vu le cadavre de Han là-haut, l'absence de Camille.

C'est le moment des conséquences, le jour sans cesse repoussé où la vie arrive à son bout. L'arrestation après la cavale. Ce n'est pas ainsi qu'il l'avait imaginé, ce moment, Jérôme. Il s'était imaginé au bord d'un vrai précipice, ce jour où il ne saurait plus esquisser même un geste, même une respiration, où dans les choses les plus simples et concrètes, il ne trouverait même plus d'évidence, plus de réponse à cette question : comment vivre. Il n'aurait pas imaginé que ce serait d'autres forces que la sienne qui mettraient un point à sa course. Pas de prison, comme Yvain, comme Camille. Pas une balle perdue. Il croyait : jusqu'au bout je déciderai. Car il avait foi en la chance de Geronimo.

Chez Silvio, assis sur la chaise du placard-bureau, Jérôme contemple la pluie qui tombe derrière la vitre. C'est toujours mieux que d'observer le keuf qui le surveille. Ils ont peur du déluge, ne veulent pas prendre le risque de descendre à Annecy pour l'instant. C'est vrai que par intermittence, la pluie se transforme en grêle. Jérôme espère des grêlons si gros, si lourds, qu'ils traverseraient le toit, le grenier et l'escalier au-dessous duquel les keufs le retiennent. Mais aucun grêlon ne traverse le plafond.

C'est la première fois qu'il est dans cette situation, mais il a tiré des leçons des gardes à vue de Camille et d'Yvain. Après l'avoir traîné sous le porche du restaurant de Silvio, dans l'eau sale ruisselant sur la Piazza, ils ont tenté de lui soutirer des aveux. Dans sa confusion, Jérôme a tenu. Il le savait, ils tentaient d'utiliser le choc à leur profit. Il n'a rien dit. Cela fait une heure, peut-être deux qu'il est retenu dans le petit bureau. La nuit vient, et il ne dit rien.

Il regarde la montagne derrière les gouttes qui glissent du porche. Elle est une masse noire qui tranche dans le ciel qui se découvre peu à peu, plus bleu qu'elle, constellé d'étoiles. Quelque part dans cet amas obscur, il y a Han dont il voudrait enterrer les restes. Quelque part dans le froid et la pluie, il y a Camille.

Il en est sûr, elle a été réveillée par le bruit des quads. Elle s'est levée, alors, Loup dans ses bras pour que le chiot garde son calme ; elle était habituée à ça, se lever au son d'une porte fracturée, sortir du sommeil pour se défendre, s'enfuir. Si Jérôme n'avait pas refusé le fusil de Rim sans doute serait-elle sortie en tenant en joue les contrebandiers. Que se serait-il passé alors ? Il le sait bien. Ces gens qui avaient détruit impunément une forêt, tué un âne d'une balle dans la tête et, Jérôme en est persuadé, appelé les keufs pour dénoncer Camille, n'auraient pas hésité à la tuer. Ne pas prendre le fusil de Rim a peut-être alors, non pas seulement protégé Jérôme, mais aussi Camille. Elle a donc attendu que s'en aillent les quads pour sortir. Peut-être a-t-elle dit une prière devant le cadavre de Han. Veillé sur Loup qui se recueillait devant le corps de son ami. Puis elle l'a entraîné avec elle, quelque part dans un recoin de la montagne où elle serait protégée. Pour attendre la nuit et s'échapper, sauve. Descendre au Val pour y trouver de l'aide.

Jérôme y croit.

La fenêtre du bureau donne sur la Piazza. Il faudrait l'ouvrir pour être le premier à voir Camille quand elle apparaîtra. Lui faire signe de se cacher et de s'enfuir. Il a été pris, mais Camille peut encore partir. Remonter jusqu'au Désert, jusqu'au Vieux-Père, regagner la frontière. Disparaître. Jérôme, jamais, ne dira rien. Il fera ses années en cellule, muet. C'est ce que fait un ami.

Il se lève. Aussitôt, le keuf le plaque contre le mur. Il sent contre le crépi l'hématome sur sa joue, la douleur se raviver.

– Je peux juste fumer ?

Le keuf marmonne : Juste fumer. Jérôme ouvre la fenêtre et s'assoit sur le rebord, les pieds sur le bureau. Près de lui, le keuf lui tient la cheville. Aurait-il l'idée de s'enfuir qu'il la dévisserait, mais Jérôme ne veut pas s'enfuir.

Face à la nuit, il roule et allume sa cigarette, espérant que quelque part dans cette grande muraille de nuit, Camille fait de même. Il tire ses bouffées comme des signaux en morse. Trois courtes. Trois longues. Trois courtes. S.O.S. Rien n'apparaît en retour. Juste le noir. Juste le silence.

Rien.

Jusqu'à ce que la terre tremble.

Faisant vibrer tout le plancher.

Et que sorte Rim. Figée devant la fenêtre du bureau, elle regarde avec lui ce qu'ils ont désormais devant les yeux. L'impression à la fois forte et indécise qu'il y a désormais plus d'étoiles dans le ciel. Que la grande montagne de nuit a perdu un morceau de son obscurité.

Le matin éclaire le désastre. C'est comme si la montagne s'était roulée en boule dans le Val. Sur la place où tout le monde est rassemblé dans l'attente des secours, Jérôme se tient debout, menotté. Il n'attend pas, lui. Il n'attend plus rien. Il lève les yeux vers ce qui fut la montagne. Là où était le Désert, là où était l'Étoile, il n'y a plus rien d'autre que du ciel et de la boue.

Jérôme avance, piégé. Derrière, on le pousse. Dans le ciel apparaît un hélicoptère. Le vent des pales encrasse ses yeux. Il voudrait que ça nettoie la montagne de son désastre. Avant qu'il monte, Rim et Silvio le saluent et il leur sourit. Il ne peut rien faire d'autre que ça, sourire, sentir l'hélicoptère le soulever et l'emmener loin du corps de Camille, enfoui là, quelque part. Il ne devrait pas être là. Il devrait être en train de creuser la terre avec ses doigts. Il pourrait ne pas se taire, sortir de sa posture silencieuse, prendre un risque pour donner à Camille une chance de s'en sortir. Dire aux keufs que Camille était bien là. Qu'elle est quelque part sous la terre et qu'il faut la chercher.

Mais Jérôme ne dit rien parce qu'il n'a rien à dire.

Depuis l'hélicoptère, il le voit bien, Camille n'a pas pu en réchapper. Du Désert à l'entrée du Val, ce n'est qu'une grande étendue de pierre et boue. Elle s'étire jusqu'au blanc sale des toiles recouvrant le Vieux-Père. Il n'avait pas plu autant depuis des années. La veille, tout le jour, la pluie a ruisselé sur les pentes. Ce n'est sans doute pas un simple glissement de terrain. Au pied du Vieux-Père, un précipice qui, hier, n'existait pas. Depuis huit ans, Silvio redoutait ça. Montant au Vieux-Père, maintes fois ils avaient évité de peu d'être écrasés par les éboulements. Cette nuit, le sursis a pris fin.

C'est donc ainsi que ça finit.

Dans le bruit et le sale de la montagne qui s'effondre, emportant tout, les derniers lieux aimés et les derniers amis, l'Étoile, le Désert, Camille, Loup, le corps jamais honoré de Han.

L'espoir gâché d'une vie qui serait revenue, enfin. L'amitié et le pardon.

Au Désert, ils auraient vécu tous les trois. Camille, Yvain, Jérôme. Loup et Han à leurs côtés. Ils auraient eu un village à eux, leur exil dans le désastre. Ensemble, ils auraient fait quelque chose de beau du crépuscule du monde.

Un soir, le monde aurait fini pour de bon. Ils auraient attendu leur mort. Le dernier atome d'oxygène produit par le dernier arbre.

Ils se seraient blottis les uns contre les autres, comme les trois chiots qu'ils étaient autrefois. Alors ils auraient regardé s'envoler les dernières fleurs du Désert. Les achillées nuageuses. Les trompettes pourpres des épilobes. Les tribus de minuscules vieillards barbus accrochés aux linaigrettes. Les têtes auréolées d'orage des centaurées. Les gentianes, claires comme une nuit d'été boréal. Les mille soleils que sont les populages. Les cloches silencieuses des campanules. Les pulsatiles ouvertes, enragées méduses. Et les asters et les cirses. Les callunes et les astragales. Les colchiques, les mauves, les orchis et les pensées, tourbillon dans le rose du couchant. Leur rose entremêlé au rose de tous les trèfles du monde.

Camille s'en va

Les murs borgnes de la maison d'arrêt d'Arras donnent sur la forêt. Un simple ruban de goudron les en sépare, une tranchée, presque. C'est cruel, pense Geronimo. Il suffirait qu'un automne, on oublie de tailler les branches pour qu'elles viennent caresser les parois de brique de la forteresse. Aucune fenêtre n'est percée dans le mur qui donne sur la forêt. Sentirait-il, alors, depuis l'intérieur de sa cellule, l'âme du bois percer la muraille ? Trouverait-il ainsi un peu de sérénité alors que de la cour en passant par les coursives poisseuses, jamais il ne verrait le vert de la forêt, jamais il ne sentirait sur sa peau le vent ?

Devant la porte de fer, Geronimo attend.

Il respire l'air du dehors comme s'il allait franchir les portes de fer et en manquer à perpétuité. C'est la première fois que Geronimo voit de si près les portes d'une prison. Il est heureux de ne pas les franchir menotté, de ne pas les franchir du tout, même. Il n'est face aux portes de fer que pour attendre le moment où Yvain les franchira. Nour lui a dit huit heures. Il est arrivé en retard ; aucun bus ne circulait, une panne électrique sur le réseau local les a rendus inutilisables.

Pourtant, Yvain n'est pas encore là.

Geronimo voulait être à l'heure. Il s'est réveillé tôt pour ça. A avalé la demi-heure de vélo qui sépare Montreuil de la gare du Nord bien avant que le soleil ne se lève, et dans le fracas et l'air chargé d'hydrocarbure, il n'a cette fois pas chassé l'idée qu'au bout de la route, il retrouverait Yvain. Depuis des jours, il ne songe qu'à ça.

Quelques semaines plus tôt, quand l'hélicoptère atterrit sur un terrain de foot en périphérie d'Annecy, Geronimo n'attend pas comme les autres. Il marche tête basse dans la bruine, poussé jusqu'au fourgon par un keuf. Il a l'impression d'être un sac qu'on jette ici et là. Pendant que dans une pièce attenante, les keufs fouillent chaque recoin de ses vêtements à la recherche d'indices, Geronimo, nu dans une cellule, se sent moins qu'un homme. Ce traitement est devenu familier à Camille et à Yvain. Il vit ce qu'ils ont vécu. Ça ne trompe pas le froid, ça n'enlève pas l'odeur crasseuse des draps, ça ne rend pas indolores les morsures des punaises de lit, ne balaie pas l'inquiétude d'un procès à venir, mais ça le réconforte un peu. Il se voit déjà ne plus jamais sortir de sa cellule, quand quelqu'un en pousse le verrou.

Nour est devant le commissariat et, pour la première fois depuis leurs retrouvailles, elle le prend dans ses bras. Tandis que Geronimo était incarcéré, s'imaginant toute une vie de pénitence, elle avait assuré sa défense.

– J'ai pas compris sur quelles bases ils t'avaient arrêté, d'abord. Ils t'ont rien dit, j'imagine.

Ils lui avaient dit qu'ils avaient des preuves. Qu'elles

étaient écrasantes. Le flou devait l'amener à des aveux. Mais Geronimo avait fait comme avait toujours dit Camille : il s'était tu. Derrière l'épaule du keuf face à lui, il voyait son spectre sourire, fier de lui. Pourtant, il croyait le keuf. Il était persuadé qu'ils avaient pisté Camille jusqu'à lui. C'était faux. Nour avait fini par le comprendre : l'arrestation de Geronimo ne reposait que sur un unique témoignage.

– Ils ont fait durer ta garde à vue le temps que les secouristes fouillent le Désert et ses alentours. Près de chez toi, ils ont découvert un âne mort d'une balle dans la tête.

Ça concordait avec les témoignages de Rim et de Silvio. Ceux qui avaient tué son âne pour l'intimider voulaient se débarrasser de lui avec un faux témoignage. Une fois découvert le corps de Han assassiné, ça n'avait été qu'une question d'heures pour qu'il soit libéré. Mais Nour reste méfiante.

– Je te garantis pas qu'ils ne reviendront pas avec un prétexte à la con.

Geronimo hausse les épaules.

– C'est qui ces types, Geronimo ?

– C'est pas des copains, quoi.

Quelques heures plus tard, il passe la porte automatique d'un motel, près de l'entrée de l'autoroute qui mène à Genève. À la réception, il donne les noms de Rim et de Silvio, souriant déjà de leur faire cette surprise. Quand leurs silhouettes apparaissent en bas des escaliers, le sourire de Geronimo est le plus grand qu'il ait jamais eu. De n'avoir pas souri durant des jours, Geronimo regarde son bonheur comme un objet étrange, dont il ne comprend pas la fonction. Il est heureux, oui, de voir Silvio se ruer vers lui aussi vite que le lui permet la lourdeur de ses pas. Rim qui le suit de loin, les mains au fond des poches, un clin d'œil pour tout salut.

Mais passé les retrouvailles, ils ne trouvent rien à se dire.

Boivent un café instantané debout dans le hall du motel, formant un triangle silencieux sur la moquette gris et bleu. Rien, excepté l'avenir : où ira-t-il, Geronimo ? Il a décidé de suivre les conseils de Nour, il s'en va. Alors Silvio le prend dans ses bras, le serre fort. Jamais il n'avait été aussi démonstratif ; ce n'est pas Geronimo qu'il serre dans ses bras, mais sa vie perdue, effondrée. Où iront-ils, eux ? Rim soupire. Elle a les yeux rivés sur la cigarette qu'elle roule. C'est pratique, elle n'a pas à regarder Geronimo, à lui parler. Il lui semble que la facilité avec laquelle il s'arrache à Silvio et Rim ne raconte pas l'attachement qu'il a pour eux. Ils avaient été auprès de lui, pendant toutes ces années, des ambassadeurs de l'humanité. Mais s'il s'était retrouvé à partager avec eux cet espace dévasté du Val, c'est parce que sa solitude l'avait rabattu là-bas. Aujourd'hui, le Val n'existe plus. Cet endroit exerçait sur ses amis une attraction puissante. Ils étaient comme piégés dans son orbite. Pour Geronimo, la planète dont il était l'unique lune, c'était sa propre tristesse ; Camille était revenue et l'avait expulsé, loin de là, dans le vide.

Il est temps pour Geronimo de s'en aller.

Quand il quitte le motel, se libérant d'une dernière étreinte de Silvio pour monter dans la voiture de Nour et partir d'Annecy, Rim ne lui dit pas au revoir. Il y a dix ans, quand il avait accompagné Camille à Roissy pour son premier voyage en Amérique du Nord, la scène était différente : tous deux s'étaient dit au revoir avec la même force, chacun devait s'arracher à l'autre. Cela n'arriverait plus jamais, songe-t-il à cet instant. Avec personne.

Mais il se trompe.

La porte de fer grince et cliquette. Yvain est là, face à lui. Il le retrouve comme il quittait Camille, autrefois. Un mur d'air et de silence les sépare, qui empêche leurs corps de se retrouver, mais pour Geronimo, c'est exactement la même chose. Yvain sourit, c'est tout ce qu'il fait, et c'est beaucoup déjà. Voir la timidité de ce sourire. Dans les yeux, Yvain le regarde. Au bout de son bras, il balance un sac-poubelle, qu'il jette sur son épaule.

– Y a quoi là-dedans ?

– Tout ce qui me reste, Geronimo.

Il y a moi qui reste, aussi, voudrait lui dire Geronimo. Il ne le dit pas. Il regarde Yvain lui tourner le dos et s'échapper, le pas lent, sur le ruban de goudron. Le visage en l'air vers les feuilles orangées de l'automne et le ciel mine de crayon. Traverser le parking désert de la maison d'arrêt. Il le rattrape.

– T'as fait quoi de ta caisse ?

– Une montagne lui est tombée dessus.

– Ça arrive.

Le brouillard dévore tout. Les maisons basses des faubourgs, les hypermarchés au bout des parkings immenses de la périphérie, les champs de betteraves tout nus, fondus dans le blanc. Geronimo n'y voit rien, mais Yvain connaît le chemin. Sorti de prison tôt le matin, il ne veut pas attendre le bus et s'enfermer dans le train jusqu'à Paris. Tout le pousse à rester dehors.

Sur la départementale au bord de la brume, il marche.

Rien n'est fait pour marcher ici. Leurs pieds s'enfoncent dans l'herbe molle et trempée sur le bas-côté, les voitures les frôlent. Geronimo suit Yvain, il se contente de regarder le sac-poubelle à son épaule qui oscille au rythme de son pas, et ça lui va. Voir Yvain ici, c'est une réussite. S'il n'avait pas, il y a six mois, emporté l'enveloppe gardée sous l'établi de sa ferme, Nour n'aurait pas pu montrer qu'Yvain était légalement sur le terrain qu'il exploitait et dont il avait pourtant été expulsé. Qu'il payait un loyer à la région et que les preuves de cet arrangement avaient étrangement disparu des archives. Sans la fuite de Geronimo, Nour n'aurait pas pu faire sortir Yvain de détention.

Maintenant, Yvain est là, devant lui.

Sa silhouette avance dans la brume, s'y dissout, presque, lorsqu'il enjambe la glissière de sécurité pour s'enfoncer dans un chemin boueux, au milieu des champs. Tout est si plat, ici. Au bord du chemin, le tas de betteraves sur lequel Yvain s'assoit est le seul relief alentour.

– C'est vrai que toutes les routes se ressemblent. Mais je sais où je vais.

Yvain est souvent passé par là en revenant des récups. Ils seront à l'heure pour le dernier train pour Paris, il le promet. Geronimo croit Yvain. Il le guidera dans le brouillard. Ça ne l'inquiète pas.

– Désolé si je parle pas beaucoup.

– T'en fais pas.

Ce qui inquiète Geronimo c'est qu'au contraire, déjà, Yvain se relève du silence. Il le sent, Yvain s'apprête à parler. Il roule une cigarette. Lentement. Avant de la porter à sa bouche, il prend une grande inspiration.

Geronimo ferme les yeux.

Il n'est pas face à Yvain au bord d'un chemin de boue creusant la brume. Il ne respire pas l'air froid et humide, l'odeur d'humus et de lisier.

Il est devant la maison du docteur. Il entre. La porte n'est pas fermée. Au rez-de-chaussée, toutes les portes sont ouvertes, d'ailleurs. Celles de la cuisine et du cabinet. Celle de la petite salle de bains, droit devant la porte d'entrée, au fond de laquelle gît le grand coffre. Geronimo hésite un temps. C'est bien vers la cuisine qu'il lui faut aller. Quelques pas. Il y est, là, devant le grand placard encastré en formica bleu. Il ouvre un premier tiroir qui ne contient que du sable noir. Un autre, rempli de photos anciennes et si floues, un album désordonné de silhouettes. Un troisième renfermant ce qu'il cherche. Ce range-couverts vide au fond duquel repose un minuscule fusil fait d'une matière molle et froide, son dernier mensonge : au Désert, il était seul. Camille n'était pas là. Une nuit d'été, elle s'est échappée de la maison du docteur et, Geronimo en est persuadé, elle est quelque part à mener sa vie, invisible. Personne, jamais, ne la retrouvera.

Geronimo ouvre les yeux. Yvain lui demande :

– Elle t'a dit qu'elle allait s'enfuir, Camille ?

– Non.

– T'as aucune idée d'où elle est alors.

Puis Yvain ne dit plus rien. Il crache sa fumée dans la brume. Il se lève et côte à côte sur le chemin de boue, ils marchent. Mais à chaque pas, c'est comme si le silence gagnait en masse, qu'il était désormais une imposante boule de boue que Geronimo pousse sur le chemin de boue comme un bousier. D'être retourné chercher son mensonge dans le placard de la cuisine, il a envie de le raconter. C'est une pulsion. Raconter un mensonge, c'est le rendre réel, un peu.

– Je pense que Camille va bien. Je pense qu'elle est partie quelque part et qu'elle va bien.

Disant cela, Geronimo ressent l'envie de croire à ce mensonge. Il n'en serait plus un. Au fond, il est plausible. Aucun corps n'a été retrouvé par les équipes qui, des jours durant, ont inspecté les éboulements et les coulées de boue. Alors c'est peut-être vrai. Camille a fui les contrebandiers et l'a compris, c'était son moment. Elle est aujourd'hui quelque part. Invisible.

– Tu t'es pas demandé pourquoi je t'ai invité à venir à la Cingle ? Tu es venu et t'as rien dit. T'as pas évoqué le passé comme si tu avais désappris à parler, comme si tu avais fait une sieste de neuf ans.

– Non, pas vraiment.

Yvain rit en shootant du pointu de sa chaussure dans une betterave qui vole loin, ricoche dans la brume. À la Cingle, Geronimo avait sans cesse repoussé le moment où ils devraient évoquer le passé. Il se l'était demandé, oui, mais avait laissé là cette énigme. Sans doute, car la creuser, c'était irrémédiablement être déçu. Il ne voulait pas l'être, il voulait être avec Yvain. Chaque seconde en présence d'Yvain. C'était idiot. Le silence devait bien cesser un jour et ce jour est venu, brutal. Yvain s'arrête devant lui :

– Quand on a appris pour l'assaut, on s'est retrouvés avec Camille dans sa cabane et on s'est dit tous les deux qu'on avait peur de mourir. Ou de se retrouver handicapés pour la vie. Des légumes. Et oubliés. Parce que c'est la tournure que ça prenait depuis des années déjà. T'as même pas idée de comment on nous a défoncés. Alors j'ai écrit à mon frère, moi. Je lui ai écrit que si j'étais tué ou que j'étais arrêté, il devait consoler ma mère. Surtout, il devrait aider Camille comme si elle était sa sœur. Camille, elle a écrit à personne. Il y avait personne pour elle, Geronimo. Putain, elle a fait le tour : il y avait personne. Il y avait toi, avant que tu partes bouder sur ta putain de montagne. Alors j'ai décidé pour elle. J'aurais peut-être pas dû. Je me suis dit que si Camille devait mourir, ou que si je devais mourir, moi, et la laisser seule, ça serait bien qu'avant elle revoie quelqu'un qu'elle avait aimé un jour. C'est pas parce que je voulais te voir. Je t'en voulais. Mais je t'ai fait venir par le cimetière parce que je pensais que la surprise plairait à Camille. Ça lui a pas plu, mon gars. Elle a débarqué chez moi avant même que je vienne te chercher et elle m'a tellement insulté. Elle voulait pas te voir, Geronimo. Alors j'ai dû jouer. Faire comme si c'était pas Camille sous cette putain de cagoule, pendant que je pensais aussi à comment nous sauver la peau.

Geronimo pourrait reprendre son chemin vers nulle part, dans le brouillard où Yvain l'a amené. Pourtant il reste là, à se gratter le coin de l'œil pour attraper une larme aussitôt échappée.

– Je suis un peu dur peut-être, désolé.

– Faut pas être désolé.

Geronimo se contente de baisser les yeux et de sourire. Yvain vient de sortir de prison et de retrouver Geronimo, qu'il méprise sans doute. Il en est sûr. Si le brouillard était moins épais, s'il ne rendait pas presque invisible le visage d'Yvain, c'est bien du mépris qu'il y lirait.

– Je suis désolé, vraiment, Geronimo. Je voulais pas être méchant, je sais pas ce qui m'a pris.

Geronimo le croit. Il voudrait le regarder dans les yeux et lui dire : moi aussi, je suis désolé d'avoir été, tant d'années, un si mauvais ami. De m'être effondré, de ne pas avoir accepté votre aide, de vous avoir abandonnés. Il n'en a pas le temps.

Une voix retentit dans le brouillard. Elle les pétrifie.

– Vous faites quoi là, vous ?

L'homme sort de la brume. Se rapprochant, sa silhouette se dessine plus clairement. C'est un keuf. Le vent qui se lève, soudain, semble mettre en scène ce moment : en quelques secondes, le brouillard est balayé. Une trouée s'ouvre, assez longtemps pour découvrir une série de voitures bleu marine garées en travers du chemin. Des keufs qui forment un barrage. Et ce qu'il y a derrière, que Geronimo n'avait pas vu venir et qu'il reconnaît bien pourtant. À quelques heures de marche de la ville, la carcasse calcinée d'une ferme posée contre la colline, seule élévation dans la plaine alentour. C'est ça, Yvain connaissait bien le chemin : il l'a amené jusqu'à la Cingle.

– On se promène.

Rasée de tous ses arbres, elle paraît plus petite encore. La falaise qui forme un de ses côtés a la taille d'un trottoir. C'est pour ça qu'ils se sont battus. Une petite colline dans une terre brumeuse, sur laquelle le pouvoir avait eu l'idée absurde de construire une centrale solaire. Un tas de terre désormais, d'où s'échappent des volutes de fumée noire.

– Vous avez rien à faire là.

– On peut pas aller par là ?

– Vous me posez vraiment la question ?

Le vent déplie devant eux la brume. La Cingle est de nouveau invisible. Geronimo tourne le dos au keuf, prêt à repartir en sens inverse. Yvain, lui, reste. Pas par défi : il est figé.

– Regardez par vous-même.

Et le keuf montre le brouillard.

– Ça fait dix jours que ça crame là-bas. Ça s'arrête pas, tout est détruit.

Il n'y a rien. Il n'y a que du blanc. Derrière, les panaches de fumée noire ne se devinent même pas.

– Allez cassez-vous, j'ai pas que ça à foutre.

Geronimo attrape la main d'Yvain et l'entraîne, il lui donne une leçon de chance.

Rebroussant chemin, il ne lui dit pas qu'il est désolé ; il l'a déjà assez dit. Il garde sa main dans la sienne. Il sait combien Yvain aurait aimé revoir la Cingle. Quand l'incendie se sera calmé, qu'Yvain ne sera plus dans l'attente d'un procès, que tout cela sera oublié, ils reviendront ensemble. Si Yvain veut encore de lui dans sa vie. Lui, il le veut de toute façon dans la sienne.

Les heures passent et la main d'Yvain n'a pas lâché celle de Geronimo. La nuit tombe et au loin, aucune lumière pour indiquer le bout du chemin. Il doit s'en remettre à la connaissance d'Yvain. Le suit, qui marche à l'aveugle. Arrivés à la gare, ils trouvent ses portes fermées. Le dernier train est parti depuis longtemps.

– Pas grave.

Yvain jette joyeusement son sac-poubelle contre la paroi vitrée de la gare, s'allonge sur le sol mouillé, calant sa tête sur cet oreiller de fortune, et fait signe à Geronimo de venir le rejoindre. Il s'assoit d'abord près de lui. Et la main d'Yvain l'entraîne, avec une puissante douceur, contre ses cuisses.

– Merci d'être venu me chercher, Geronimo.

Geronimo pose sa joue contre les cuisses d'Yvain. Observe ses yeux clos dans le noir épaissi par la brume. Ses narines qui s'ouvrent lentement, inspirant enfin l'air du dehors. Une nuit dehors ce n'est rien pour lui. C'est une bonne nuit. Dans le froid et la brume. Dans le noir. Dehors, enfin.

Geronimo, lui aussi, ferme les yeux.

Dans la nuit sous ses paupières, des constellations et des éclairs se dessinent. Une silhouette furtive dans un paysage indécis, aussi noir que l'est ce soir Arras depuis que les panneaux solaires ont commencé à flamber. Dans l'obscurité à l'intérieur de sa tête, Geronimo repense à son grand mensonge. Il devra le tenir des années durant. Toute la vie. Personne ne doit savoir : tenir le mensonge de la cavale, c'est garder un secret, c'est même protéger Yvain. Protéger Camille aussi. Car il commence à croire à son mensonge, Geronimo. Si le corps de Camille n'a pas été retrouvé, ce n'est pas un hasard. Camille n'était pas au Désert au moment où la montagne s'est effondrée. Il en est sûr.

Blotti dans la chaleur d'Yvain, Geronimo se raconte une histoire comme une berceuse.

Camille est bien vivante. Camille s'en va.

Après avoir quitté le Désert avec Loup, Camille est restée invisible, terrée assez longtemps pour être oubliée. L'oubli la protège. On la croit morte. Son corps, elle l'imagine bien qui se décompose sous la terre.

Désormais, on ne la cherche plus. C'est le bon moment pour réapparaître.

Elle a gardé dans son sac un T-shirt noir dont elle s'est fait, peu avant d'arriver en vue de la ferme d'Aline, une cagoule. Anonyme, elle entre dans ce qui fut, avant qu'un incendie ne la détruise, la maison de son amie. Il y a du monde. Elle ne connaît personne : tous ses camarades sont morts ou emprisonnés. Ce soir, dans la carcasse calcinée de la ferme d'Aline, on danse comme autrefois on dansait sur les ruines de la maison rouge. Sans doute est-ce la meilleure façon d'honorer les morts, c'est aussi la plus simple.

À cet instant, ce n'est pas de la joie qui grandit en Camille, mais sa grande colère. Si Geronimo était face à elle, il verrait le blanc de ses yeux virer au vert, son regard annoncer la bagarre. Sa grande colère, ce ne sont pas quelques bières, quelques basses puissantes, quelques discours révoltés, quelques injures dirigées contre le consortium qui a construit la centrale, qui peuvent la tarir.

Après le discours d'un député, elle lève le bras. Elle aussi, elle veut parler.

Camille monte sur la scène au milieu des ruines charbonneuses.

Elle dit : Je m'appelle Camille et j'ai connu les morts dont vous avez parlé. Je veux les venger.

Puis elle rend le micro au député, interdit. Personne n'ose vraiment applaudir. Car la vengeance est mauvaise. Taboue. Elle est une pulsion que toujours on refoule, qu'on écrase. Mais ce silence n'est pas que gêne et politesse. Il accompagne Camille alors qu'elle s'éloigne des ruines ; s'ils avaient voulu lui contester son désir de vengeance, ils auraient pu parler. Mais personne n'a parlé.

Camille attend d'être dans l'obscurité, d'être assez loin, pour enlever sa cagoule et respirer à pleins poumons l'air froid de la Cingle. Elle l'a dit, elle veut venger les morts. Elle veut être la Cingle qui se venge.

Elle remonte la route d'Arras, Loup à ses côtés, sur le siège passager de son van. Elle lui dit : Tu te souviens, Loup, c'est là que Geronimo t'a trouvé.

Et Loup lui répond qu'il se souvient.

Devant le cimetière, elle ouvre son coffre. Laisse Loup se reposer à l'intérieur pendant qu'elle décharge quelques bidons d'essence et qu'elle les lance par-dessus l'enceinte du cimetière.

Loup attend longtemps, sans doute, que Camille retrouve le tombeau dans lequel elle avait creusé, un jour. Qu'elle rampe dans le tunnel qu'elle avait bâti de ses propres mains, espérant qu'il ne soit pas inondé ; il ne l'est pas. Le coffrage est bien sec encore, il flambera vite.

Elle répartit dans le tunnel trois bidons qu'elle relie entre eux par un mince filet d'essence, dont elle verse les dernières gouttes dans le tombeau.

Puis elle jette une allumette.

Loup sursaute quand les bidons explosent. Un souffle puissant. Aucune flamme : c'est sous terre que ça brûle.

Il faut faire vite.

Si la nuit couvre encore les fumées s'échappant du tombeau, bientôt le feu prendra au coffrage. Et du coffrage à la tourbe. Et de la tourbe aux herbes sèches. Et des herbes sèches aux panneaux photovoltaïques.

Au matin, le soleil se lèvera sur un immense panache de fumée chimique. Il faudra des semaines, peut-être, pour l'éteindre. C'est le plan : le feu zombie, la vengeance de la Cingle à jamais détruite.

Le feu empêchera cette installation de fonctionner assez longtemps, détruira assez de matériel pour en empêcher toute rentabilité. Rien ne pourra, pendant des années, être construit à la place de la forêt détruite. Rien ne pourra être produit là où Camille était tombée, là où Aline avait été tuée. Rien ne pourra se tenir là où avaient été écrasés, et éradiqués, les scarabées caméléons.

L'odeur d'hydrocarbure comme du sucre aux narines, Camille escalade de nouveau l'enceinte du cimetière et, s'écrasant douloureusement les talons en atterrissant sur le goudron du parking, elle sait qu'elle devra désormais plus que s'en aller, disparaître. C'est à cela que cet incendie la condamne. Devenir invisible ou être prise. Conduire le plus loin possible le van cette nuit et trouver quelque chose, une décharge, un bosquet où le cacher, un étang où le couler.

Puis trouver une forêt, s'y enfoncer.

Être seule, pour un temps, pour longtemps peut-être.

Pénétrer seule la forêt. Enjamber les bruyères. Fouler l'humus, les feuilles, les ronces, le lierre. Se baisser sous des branches écartées par le chemin tracé depuis des décennies par le passage des sangliers.

Elle apprivoiserait la forêt. Elle apprendrait comment faire cabane. Elle le sait, la forêt cache et tout peut devenir forêt, tout peut devenir cabane. Les villes comme les maquis. Les jungles comme les zones commerciales.

Elle s'enfoncerait dans toutes les forêts du monde. Les forêts de chênes et de béton, les maquis de bruyère et de goudron.

Parfois quelqu'un croirait entendre un bruit, percevoir un bourdonnement dans le silence, une brindille qui craque, et se dirait ce n'est rien. Parfois, au matin, on pourrait voir une ombre courir et se raconter que ce n'était qu'un songe. Un printemps, découvrir dans le chalet de vacances, ou la cabane de chasseur, des conserves ouvertes, un lit défait, des chandelles consumées. Ce seraient les seules traces qu'elle laisserait, Camille. Jusqu'à ce que de nouveau, la forêt soit attaquée. Alors ce serait le moment de réapparaître. De combattre les tractopelles et les blindés bleu marine. De voler les voleurs. De faire ressurgir des feux zombies.

Mais pour cela, oui, il faut d'abord disparaître.

Il faut d'abord remonter dans le van et démarrer. Actionner la marche arrière, braquer à droite et éclairer, pleins phares, la sortie du parking.

Loup aboie soudain.

Devant le van, barrant la sortie du parking du cimetière, se tiennent six chiens de sa taille et de sa couleur. Six répliques de Loup.

Camille sort, ouvre la portière passager, et Loup descend. Gémissant, ses yeux furètent entre Camille qui lui caresse le dos, et les chiens en face : ses frères et sœurs qui, il y a des mois, ont fui les bottes des keufs et les roues de blindés. Ils avaient, comme lui, comme Geronimo, traversé le brouillard de gaz et les lignes ennemies pour s'enfuir.

Camille embrasse son petit crâne de chiot et Loup comprend.

Il frotte son oreille contre le genou de Camille avant de courir et, sans se retourner vers elle, quitter le parking avec la meute retrouvée des loups.

Partir à son tour.

Dans la nuit, avec les siens, disparaître.

Un livre n'est jamais vraiment l'affaire d'un·e auteur·rice seul·e. Je voudrais dire ma reconnaissance à celles et ceux qui ont cheminé avec moi durant les quelques années de son écriture :

À toi, Leïla : sans ton amitié, ton intelligence et la sensibilité de tes conseils, je ne serais pas allé au bout de ce livre.

À mes ami·e·s. Vous m'avez été d'une grande aide, sans parfois même le savoir : Jakuta, Sophie, Doudou, Julia, Antoine, Romain, Emmanuelle, et celles et ceux que j'oublie.

À mes éditeurs et éditrices passé·e·s et présent·e·s : Laurence, Olivier, Jeanne, Nathalie, Noémie, Patricia.

Aux équipes des résidences qui m'ont accueilli ces dernières années à Saint-Léon-sur-Vézère, à l'Imec et à la Villa Médicis.

Aux travailleur·euse·s dont je ne connais pas les noms et qui ont fabriqué, distribué et fait vivre ce livre.

Aux camarades d'il y a longtemps, jamais oublié·e·s dans le travail mélancolique et solitaire de l'écriture.

À toi, Isabelle, qui aurais dû pouvoir lire ce livre si la maladie ne t'avait pas ravie à nous.

Enfin, à celles et ceux qui, durant l'écriture de ce livre, ont été victimes de l'ordre policier, interpellé·e·s, blessé·e·s ou mort·e·s. Je vous dis ma solidarité.

Ce livre a bénéficié de la bourse Écrivain de la fondation Jean-Luc Lagardère en 2021, ainsi que d'une bourse de création de la Commission intercantonale de littérature des cantons de Berne et du Jura (CiLi) la même année.

Sources

Homère, *L'Odyssée*, trad. de Philippe Jaccottet, 2017, La Découverte.

Les citations du cours sur *L'Odyssée* sont empruntées à l'article de Sophie Rabau : « Ulysse : ne rentre pas », *Vacarme*, n° 73, 2015.

L'œuvre sur laquelle Jérôme travaille comme assistant à la Biennale de Venise est inspirée de *Relocating a Structure*, de Maria Eichhorn (Biennale de Venise, 2022).

Le vers de Victor Serge que Camille entoure provient du poème « Constellation des frères morts » (Victor Serge, *Résistance*, Genève, Héros-Limite, 2016).

Table

RÉALISATION : NORD COMPO À VILLENEUVE-D'ASCQ
IMPRESSION : CPI FRANCE
DÉPÔT LÉGAL : JANVIER 2024. N° 2128 (176800)
Imprimé en France